Zeitenwende

Für Wanda, Sven und Noah
und für alle Erwachenden...

Petra Edelmann

Zeitenwende

Bibliografische Information der Deutschen Nationalbibliothek
Die Deutsche Nationalbibliothek verzeichnet diese Publikation in der Deutschen
Nationalbibliografie; detaillierte bibliografische Daten sind im Internet über
http://dnb.d-nb.de abrufbar.

© 2011 Petra Edelmann
Satz, Umschlaggestaltung, Herstellung und Verlag:
Books on Demand GmbH, Norderstedt
ISBN 978-3-8448-7700-7

Inhalt

Heimatlos – eine Fabel

Es war einmal ein König, der hatte unzählige Pflanzen mit schönen Blüten. Es waren große kräftige Pflanzen, die wiederum viele kleine hervorbrachten.

Jeden Morgen schaute er auf seine Pflanzen herab und erfreute sich an ihrem prächtigen Gedeihen. Und jeden Morgen zählte er mehr.

Er hatte solche Freude daran, dass er eines Tages die Herrscher der anderen Königreiche einlud, damit sie seine Blütenpracht bewunderten. Er richtete ein prunkvolles Fest aus und zeigte allen seinen Pflanzenschatz.

Die Gäste bewunderten seinen Schatz und lobten seinen Reichtum. Aber als sie zu Hause waren, beneideten sie ihn darum. Sie wollten auch so einen Schatz besitzen und begannen, Lügen über den Pflanzenkönig zu verbreiten.

Als der König das hörte, wurde er ärgerlich und sann darüber nach, wie er seine Pflanzen vor den anderen Herrschern schützen könnte. Nächtelang grübelte er.

Da kam ihm eine Idee. Wenn er eine riesige Mauer um sein ganzes Land ziehen würde, wäre nicht nur er geschützt, auch seine Pflanzen würden von den Anfeindungen nichts mitbekommen.

Als die Mauer stand, fühlte er sich bestätigt und freute sich beruhigt wieder über seine Blütenpracht.

Aber er hatte nicht mit den Vögeln gerechnet. Die konnten die Mauer überwinden und trugen Nachrichten hin und her. Sie erzählten den Pflanzen, dass sie nun eingesperrt worden waren und dass sie nur jenseits der Mauer frei leben könnten.

Nach einiger Zeit blühten die Pflanzen nicht mehr so prächtig. Etliche verkümmerten und gingen sogar ein.

Aber der König wollte es nicht wahrhaben. Er blieb bei seiner Meinung, dass sie besser gediehen, wenn er sie vor allem beschützte. Und so befestigte er seine Mauer sogar noch.

Danach schaute er auf seine Pflanzenpracht. Jetzt verloren sie ihre Farbe und wollten gar nicht mehr blühen.

Da wurde der König wütend. Er konnte nicht verstehen, warum sie sich bei ihm nicht mehr so wohl fühlten, so wie früher.

Und er vernichtete die, die ihm ihre Pracht verweigerten. Doch es wurde immer schlechter. Nun wollten auch die anderen nicht mehr blühen.

Die Wut des Königs wandelte sich. Jetzt hasste er seine Pflanzen und bestrafte sie, indem er ihnen immer weniger Wasser gab.

Eines Tages als er wieder einmal seine Pflanzen betrachtete, sah er auf einer letzten Blüte einen wunderschönen Schmetterling. Dessen Farbenpracht erinnerte ihn an seinen einstigen Reichtum.

Wehmütig sah er dem Schmetterling zu, als der plötzlich zu sprechen begann: »Deinen Pflanzen geht es ebenso wie dir. Sie sind unglücklich, weil du ihnen nicht erlaubst, selbst Erfahrungen mit dem Guten und dem Schlechten zu machen. Danke ab und gib ihnen die Freiheit zurück und du wirst sehen, Sie werden blühen, so wie früher.«

Er flatterte empor, während er noch rief: »Auf der anderen Seite der Mauer lebt ein König, der behauptet, er gäbe allen die Freiheit für ein selbst bestimmtes Leben. Dort gibt es Pflanzen, die so herrlich blühen, wie früher deine. Sie sind nicht von Mauern umgeben und jede Pflanze kann selbst ausprobieren, wie sie zurecht kommt. Wenn du ihm freiwillig dein ganzes Land überlässt, verspricht er, es in ein blühendes Pflanzenmeer zu verwandeln und dir selbst ein Auskommen bis an dein Lebensende, sozusagen als Belohnung.«

Das war für den König so verlockend, dass er erleichtert zustimmte. Der Schmetterling überbrachte dem anderen König sofort die Nachricht.

Doch der neue König war hartherzig und gierig. Zunächst gab er dem alten, was er ihm versprochen hatte. Dann riss er die Mauern nieder, eignete sich das Land an und setzte alle Pflanzen um. Aber er wollte sich nicht die Zeit nehmen, sie auszupflanzen.

Deshalb ließ er ihnen kurzerhand die Wurzeln abschlagen. In seinem Wasser würden sie schon neu gedeihen. Hauptsache er hätte sie alle.

Damit rühmte er sich, denn er hatte ihnen SEINE Freiheit gegeben und das war Belohnung genug. Mehr brauchten sie nicht. Von nun an sollten sie in seinem Boden wachsen und gedeihen.

Aber der Boden war den Pflanzen fremd. Sie fanden keinen Halt darin, weil er ihnen die Wurzeln genommen hatte. Auch die Luft und das Wasser waren anders.

Aber dass der König nicht ehrlich war, das war das Schlimmste. Er zwang sie mit scheinheiligen Worten und unregelmäßigen Wassergaben zum Wachsen.

Und weil sie ihm trotzdem die Blüten verweigerten, betrachtete er sie bald als lästiges Anhängsel, das zudem noch undankbar war. Die Pflanzen lebten jetzt zwar in SEINER Freiheit, doch ohne Wurzeln und ohne Vergangenheit.

Trotzdem versuchten sie zu überleben. Jede tat das auf ihre Weise. Die einen passten sich heuchlerisch an. Die anderen trieben schöne Scheinblüten, weshalb sie dann beneidet wurden. Viele begaben sich in neue Abhängigkeiten, indem sie nur blühten, wenn sie etwas bekamen. Einige bildeten bedrohliche oder gar geile Triebe und vereinzelte konnten in der neuen Erde gar nicht leben.

Sie alle trugen Schäden davon und irrten fortan wurzellos umher.

Doch ihr Wachstum wurde unberechenbar...

Und die Moral von der Geschichte:

Wenn man einem Volk seine Wurzeln raubt, kann es sich in einem neuen Staat nicht wiederfinden. Wenn es keine Vergangenheit mehr haben darf, ist es, als wollte man sein Gedächtnis löschen. Und ein Volk ohne Gedächtnis ist unberechenbar...

Mauerschicksal

»Kann ich sie sehen?« fragte Paula unruhig und schob vorsichtig eine Tüte Kaffee über den Tisch.

»Nein, jetzt nicht, fällt zu sehr auf.« Die Erzieherin hievte ihren fülligen Körper hoch und schob die Tüte rasch in ihre Handtasche.

»Aber ich warte jetzt schon so lange. Sie hatten mir doch versprochen, dass ich sie beim nächsten Mal sehen kann«, flehte sie mit weinerlicher Stimme und knetete ihre Hände. In ihrem fast kindlichen Gesicht stand eine Mischung aus Angst und Entschlossenheit.

»Ja, ja, nicht so hastig, ich gebe gleich das Essen aus. Kannst mit in die Küche kommen, aber bleib im Hintergrund, sonst war es das erste und letzte Mal.«

Die Erzieherin schob sich gemächlich an einen schmalen Spind und nahm eine weiße Schürze heraus. »Ich will keinen Ärger, bin froh, dass ich hier arbeiten kann. Hier, zieh die an.« Sie reichte ihr eine zweite und beobachtete, wie Paula sie aufgeregt überwarf.

»Viel zu groß für dich, bist ja selbst fast noch ein Kind«, stellte sie fest, während sie Paula beobachtete. »Wie kann man noch so jung Kinder in die Welt setzen?«

Wortlos wickelte sich Paula in die Schürze ein und schlang den Gürtel zweimal um ihre Taille. Betroffen machte sie sich kleiner, ein Schauer durchlief ihren mageren Körper. Dunkle Ränder ließen ihre Augen noch größer erscheinen. Sie hatte in letzter Zeit viel zu wenig gegessen. Der Kummer nagte an ihrer Seele. Sie hatte einmal alles und sie hat alles wieder verloren. Die Gedanken schwirrten in ihrem Kopf umher. Sie wusste nicht, was sie sagen sollte. Aber sie wusste, was sie wollte.

»Komm jetzt«, rief die Erzieherin, »und denk dran, kein Wort zu niemandem, auch draußen nicht. Ich riskiere Kopf und Kragen, aber was tut man nicht alles für ´ne Tüte richtigen Bohnenkaffee.« Dabei schob sie Paula in den Flur.

Im lang gestreckten Essensraum war es mollig warm und duftete nach Erbsensuppe. Die Erzieherin hob den Deckel des Kessels und atmete mit geschlossenen Augen genüsslich die Erbsenschwaden ein. Heute schwammen sogar vereinzelte Wurststückchen in der Suppe. Aber Paula hatte keinen Appetit. Seit drei Jahren hatte sie auf diesen Augenblick gewartet. Drei Jahre auf der Suche, drei Jahre harte Arbeit, um an ein paar Naturalien heran zu kommen. Da flog die Tür auf, Hand in Hand lief eine fröhliche Kinderreihe, wie bei einem Reigen, in den Speisesaal. Das Stimmengewirr verstummte. Nacheinander nahm jeder artig einen Löffel und kam auf die Erzieherin zu. Ein Stapel tiefer Teller nahm allmählich ab.

Paula stützte sich an den Türrahmen und starrte auf die Kinder. Ein kleines Mädchen bedankte sich für den gefüllten Teller. »Eva«, durchzuckte es sie, »das war sie.« Paula hielt sich rasch die Hand vor den Mund, um den Schrei zu unterdrücken. Tränen liefen durch ihre Finger. Fünf Jahre war sie inzwischen, die letzten drei in diesem Heim. Wie oft hatte die Sehnsucht gedroht, ihr alle Sinne zu rauben. Wie oft musste sie sich dann mit Beruhigungsmitteln betäuben.

Plötzlich stieß die Erzieherin sie in die Seite. »Das ist deine Kleene«, zischte sie Paula durch einen Mundwinkel an und nickte zu einem blonden Mädchen. Das sprach kein Wort und brauchte fast Hilfe, um den Teller zu halten. Sie war so zierlich, dass man ihr die vier Jahre kaum zutraute.

Paula zerriss es fast das Herz. Ihre kleine Susi hätte sie nicht erkannt. Sie war nicht mal ein Jahr gewesen, als sie in dieses Heim kam.

Die Aufregung pochte in ihren Schläfen. Das waren doch ihre Kinder und Kinder gehörten zu ihrer Mutter. Ihr ganzer Körper schmerzte vor Sehnsucht. Sie konnte doch nicht einfach wieder allein nach Hause gehen. Sie brauchte ihre Kinder, das war ihre Familie.

Der Trennungsschmerz hätte sie vor drei Jahren fast das Leben gekostet. Verzweifelt wischte sie die Tränen fort und sank auf den Boden. »Warum weint die Frau?« fragte das kleine Mädchen.

Das Löffelgeklapper an der langen Tafel verstummte. Alle Augen richteten sich auf die Erzieherin. Die wischte ihre fettigen Hände über die Schürze.

»Ach, der Tante ist nicht gut, hat wohl Bauchschmerzen.«

»Wie gestern Peter und der hat auch geweint«, erwiderte Susi. Wieder klapperten die Löffel und Gemurmel erfüllte den Raum. »Wenn eure Teller leer sind, stellt ihr euch vor dem Waschraum auf«, wies die Erzieherin an und schloss den riesigen Topf.

»Steh auf, bist du verrückt geworden. Ich hatte gesagt, kein Aufsehen. Die Kinder sollten nicht misstrauisch werden.« Dabei zog sie Paula hoch und schob sie in den Flur. »Warte drüben auf mich.«

Paula fühlte nichts mehr. Sie fror so, dass sie die Zähne zusammenbeißen musste.

Fast automatisch hatte sie das ehemalige Schloss verlassen. Sie nahm nichts mehr wahr, nicht die Schönheit der jahrhundertealten Architektur und nicht den sonnigen
Frühlingstag.

Ein paar Tage später wartete die Zimmerwirtin mit einem Brief und gewichtigem Blick bereits an der Tür auf Paula.

»Hier Kindchen, der kommt aus Berlin. Ist bestimmt wichtig, weil der Postbote ihn mir zuerst nicht geben wollte.«

Paula spürte, wie ihr Herz klopfte, ihre Hände begannen zu zittern. Endlich eine Antwort auf ihren Antrag.

Mit leisem Dank zog sie ihre Zimmertür zu und riss mit zittrigen Händen den Umschlag auf.

Das Familiengericht aus Berlin verwies auf sein Urteil vor drei Jahren und lehnte ihr Ansinnen ab. Der Beschluss, ihr das Erziehungsrecht für beide Kinder abzuerkennen, sei mit keiner persönlichen Bitte aufzuheben. Die Schuldfrage war eindeutig geklärt worden. Wenn sie daran etwas ändern wolle, müsse sie auf Wiederaufnahme des Verfahrens klagen. Außerdem war ihr Berlin-Verbot nach wie vor wirksam.

Die freundlichen Grüße am Ende des Briefes erschienen ihr wie ein Hohn.

Paulas Gedanken wanderten zur Gerichtsverhandlung vor drei Jahren. Immer wieder hallten die verurteilenden Worte des Richters in ihrem Kopf: »Untreue, Vernachlässigung der Kinder, Verwahrlosung der Wohnung...« Waren die unsichtbaren Kräfte also immer noch tätig. Hatte auch die inzwischen vergangene Zeit keine Veränderung bewirkt. Und sie hatte tatsächlich gedacht, ihre Bitte würde mitfühlenden Menschen das Herz öffnen. Das Urteil hatte dem Vater beide Kinder zugesprochen. Warum waren sie nun in diesem staatlichen Kinderheim?

Ihr Blick wanderte über Tisch, Bett und Schrank in ihrem winzigen Zimmer zum Fenster hinaus und blieb an einer alten Kastanie hängen. Sie träumte ihren Gedanken nach und erinnerte sich an bessere Zeiten. Vor ihrem Haus in Berlin hatte auch so
ein Baum gestanden.

Plötzlich klopfte es heftig an der Tür. Paula zuckte zusammen. »Ich habe noch etwas für Sie«, rief die Zimmerwirtin und stand bereits in ihrem Zimmer. »Die Polizei hat eine Vorladung für Sie abgegeben. Die vierwöchige Meldung ist wieder fällig, schon heute Nachmittag. Mein Gott, wie sehen Sie denn aus, ist Ihnen nicht gut?«

Paula strich sich hastig die dunklen Haarsträhnen aus dem Gesicht: »Nein, nein, es geht schon.«

»Vielleicht ist es doch besser, wenn Sie wieder nach Hause gehen würden, Kindchen. Da hätten Sie wenigstens ihre Eltern. Die würden Ihnen bestimmt helfen. Hier gehen Sie mir noch ein.« Paulas Augen füllten sich mit Tränen. Aber sie kämpfte gegen die Schwäche an.

»Nach Thüringen, auf keinen Fall. Meine Kinder sind doch hier. Ich kann sie nicht allein lassen.« Dabei sprang sie auf und trat der Wirtin heftig entgegen.

13

Erschrocken wich diese einen Schritt zurück und antwortete kleinlaut: »Ich meine nur, weil Sie ja sowieso nicht zu ihnen dürfen.«

»Das geht Sie gar nichts an.« Paula wurde laut und fragte sich, woher
die Frau das eigentlich wusste.

»Wissen Sie was, ich brühe Ihnen einen schönen Tee, der wird Sie
beruhigen« erwiderte die Wirtin versöhnlich.

Wenige Minuten später, Paula hatte sich gerade hingelegt, schob
sie ihr eine hohe Tasse voll duftendem Kräutertee auf den Nachttisch.

»Hier, trinken Sie, tut Ihnen bestimmt gut. Aber essen müssten sie
auch.«

Paula blinzelte durch die geschlossen Augen. »Danke. Ich habe
keinen Hunger.« Und als die Wirtin gegangen war, übermannte sie
Schluck für Schluck die Schläfrigkeit.

Plötzlich schreckte Paula aus einem Traum. Sie öffnete die Augen, aber
die Dämmerung hatte das Licht bereits verschluckt. Wo war sie? Was
war für ein Tag? Sie brauchte einige Sekunden, um die Wirklichkeit
in ihr Gedächtnis zurück zu holen.

Sie knipste das Licht auf ihrem Nachttisch an und sah auf die Uhr:
20.30 Uhr! Oh Gott, der Meldetermin, sie hatte ihn schlicht verschla-
fen. Das würde ihr keiner der Behörde abnehmen.

»Wenn Sie sich nicht melden«, hallte es in ihrem Kopf, »dann holen
wir Sie ab und das ganz offiziell. Wenn Ihnen das lieber ist, ich meine
nur wegen der Nachbarn...« Die bedrohliche Stimme der Staatsmacht
kam wieder über sie. Vor so einem Termin war sie noch nie eingeschlafen. Sie hatte viel zu viel Angst vor neuen Auffälligkeiten.

Rasch verließ sie ihr Zimmer, lief die schmale Treppe hinunter und
klopfte mehrmals an die Tür der Wirtin. Doch sie hörte keine Schritte,
nur das krächzende »Herein« des Wellensittichs. Hastig drückte sie
auf die Klinke der Eingangstür. Aber die war fest verschlossen. Einen
Hausschlüssel hatte ihr die Wirtin verweigert.

Paula lief gedankenverloren Stufe für Stufe zu ihrem Zimmer zurück. Und ganz allmählich glaubte sie nicht mehr an Zufälle.

Als Paula am nächsten Tag in der kleinen Schneiderei ankam, lag bereits die Zeitung auf ihrem Schreibtisch. Der Chef war wohl von ihrem Fleiß überzeugt und von Tag zu Tag freundlicher geworden. Aber er hatte ihr zunehmend mehr Arbeit aufgebürdet. Das nahm Paula hin, weil er der Einzige war, der eine Ungelernte eingestellt hatte. Außer ihr arbeitete hier nur noch eine Näherin, die sie aber bisher lediglich zum »Guten Morgen« und »Auf Wiedersehen« gesehen hatte.

Paula verrichtete anfangs kleine Büroarbeiten, hielt die Schneiderei sauber und sorgte für die Pausenverpflegung. Inzwischen erledigte sie auch die Buchhaltung.

Paula drehte ihr langes Haar rasch zu einem Knoten und warf einen zufriedenen Blick in den Spiegel. Dann öffnete sie weit das Fenster und ließ den Duft der Frühjahrsblüten hineinströmen.

Auf ihrem Schreibtisch lagen mehrere Aktenordner. Aber die pompöse Aufmachung des »Neuen Deutschland« zog ihren Blick auf die Zeitungsseite. »Die Werktätigen der DDR begrüßen mit hervorragenden Arbeitsleistungen den hohen Staatsgast aus der Sowjetunion.« Darunter vereinnahmte ein Foto die halbe Seite. Paula traute ihren Augen nicht. Die offene Staatskarosse, in der Walter Ulbricht und ein sowjetischer Staatsmann saßen, lenkte ihr geschiedener Mann.

»Wir müssen mit Ihrer Angestellten sprechen«, forderten zwei Uniformierte und hielten kurz einen Ausweis hoch.

»Guten Tag, muss das jetzt sein?« fragte der Besitzer der Schneiderei.

»Was meinen Sie, warum wir in der Arbeitszeit gekommen sind. Wenn Frau Stern es nicht nötig hat, Ihre Vorladungen wahrzunehmen, müssen wir eben zu Ihnen kommen.«

»Dafür wird Sie schon ihre Gründe haben, ist sonst sehr zuverlässig«, nahm der Chef Paula in Schutz.

»He werden Sie mal nicht frech, die Tage ihrer Bude sind sowieso gezählt. Privatkrauter duldet unser sozialistischer Staat nicht mehr.« Mit diesen Worten drängte er den Schneidereibesitzer zur Seite und baute sich vor Paula auf. »Sie haben eine Vorladung ignoriert, nehmen wohl eine gerichtliche Anordnung nicht ernst, was?« fragte einer der Uniformierten.

»Doch«, stammelte Paula und strich verlegen über ihren Rock. »Meine Wirtin...«

»Ach, jetzt kommen wieder die Ausreden«, unterbrach er sie. »Die haben schon so einen Bart.« Dabei machte er eine Handbewegung, die sein Kinn bis auf den Bauch wachsen ließ.

Der andere holte beflissen einen Brief aus seiner Aktentasche und knallte ihn vor Paula auf den Schreibtisch. »Das können Sie uns alles ganz genau am nächsten Mittwoch erzählen. Und sollten Sie vorhaben, sich dafür noch eine Ausrede einfallen zu lassen, sehen wir uns vor Gericht wieder. Dann ist es aus mit der Wahl Ihres Aufenthaltsortes.«

Ohne einen Gruß verließen die beiden Schupos die Schneiderei.

Paula war auf den Stuhl gesunken und starrte auf die Vorladung. »Warum haben Sie mir nicht gleich gesagt, dass Sie Schwierigkeiten mit denen haben?« fragte der Firmenchef etwas ungehalten. »Ich kann keinen Ärger gebrauchen. War bisher froh, dass ich nicht in deren Blickfeld geraten bin. Sie haben doch von den zahlreichen Enteignungen gehört.«

Paulas Augen füllten sich mit Tränen. »Das habe ich nicht gewollt«, entschuldigte sie sich kleinlaut.

Kurz nachdem der Firmenchef das Büro verlassen hatte, betrat die Näherin leise den Raum.

»Frau Stern, was war denn los?« Paula zuckte zusammen und sah ihre Kollegin misstrauisch an.

»Mein Gott, vor mir brauchen Sie sich doch nicht zu erschrecken. Ida, Ida Schwertmann, mein Name.« Dabei streckte die vollschlanke

Frau mit der blonden Marilynfrisur ihr freundlich die Hand entgegen. Ihr offenes Gesicht flößte Paula Vertrauen ein.

»Und übrigens, nur für die Stinker Frau Schwertmann, für Dich Ida, einverstanden?«

Paula nickte wortlos wie ein Kind.

»Und nun erzähl mal, was ist eigentlich los? Hier kannst du ruhig sprechen, der Chef«, und damit winkte sie hinter sich, »hatte schon immer etwas übrig für arme Schweine. Was meinst du, warum der dich sonst eingestellt hat. Mich hatten die auch mal auf dem Kieker wegen meiner Tauschgeschäfte. Kriegst doch hier in der Ostzone nüscht. Aber als ich ne kleene Auszeit genommen hatte, haben die mich aus den Augen verloren. Schließlich hat mir das Glück geholfen, bin mit ́nem Ami zusammen. Da krieg ich auch alles aus dem Westen. Nur so lässt sich ́s leben.«

Sie öffnete ihre Handtasche und legte eine Tafel Schokolade auf den Tisch.

»Hier, schenk ich dir, ist auch von ihm, bringt mir jeden Tag eine mit. Aber mir wird langsam die Haut zu eng, siehste« sprang sie auf und zerrte an ihrem Rock, der in der Sitzfalte fest klemmte. »So dünn wie du war ich vorher auch, hatte aber auch mehr Probleme. Und nun du: Woher kommst du eigentlich?« Und Paula begann mit einem tiefen Seufzer ihre ganze unheilvolle Vergangenheit vor ihr auszubreiten. »Und dann haben sie mir die Kinder genommen« war ihr letzter Satz und Ida fing an zu weinen.

Laut schluchzend verlangte sie nach einem Taschentuch. »Das ist ja furchtbar«, schnäuzte sie sich immer wieder. »Was sind das nur für herzlose Schweine!«

Paula musste schlucken, um nicht auch noch los zu heulen.

»Wie kann man dir nur helfen? Jedenfalls musst du erst mal raus, auf andere Gedanken kommen. Morgen gehe ich mit meinem Ami aus. Wie wär ́s, wenn du mitkommst?«

Am Samstagnachmittag hatte die Sonne sich endlich durch die Wolkendecke gequält und bescherte nun einen warmen Tagesausklang. Paula hatte die ganze Zeit an ihre Kinder gedacht und kam auf die Idee, einen Spaziergang zum Kinderheim zu unternehmen. Besonders an den Wochenenden litt sie unter der Trennung. Da breitete sich die Leere der freien Zeit aus und schickte ihre beängstigenden Gedanken. Aber heute hatte sie ein besseres Gefühl und das lenkte ihre Schritte.

Schon von weitem sah sie das hoch umzäunte Anwesen, in dessen Mitte das Schloss mit den vielen Bogenfenstern und Türmchen einen Blickfang bildete. Der Frühling hatte die betagten Bäume und Sträucher mit Maigrün geschmückt, als wollten sie gemalt werden. Nichts erinnerte äußerlich an elternloses Kinderleid. Die fröhlichen Rufe der Verstecken spielenden Kinder steckten Paula an. Durch die Eisenstäbe des Zaunes beobachtete sie ihr ausgelassenes Treiben.

Bald hatten ihre Augen Eva und auch Susi erspäht. Völlig in Gedanken versunken schaute sie ihnen zu. »Tante« riss sie ein kleiner Junge in die Wirklichkeit. »Wenn du keine Bauchschmerzen mehr hast, kannst du mitspielen. Willst du?« Paula lächelte »Na, wenn eure Erzieherin es erlaubt.«

Aber die war mit strengem Blick bereits im Anmarsch.

Oh je, dachte Paula, aus der Einladung wird wohl nichts, als diese auf das Tor wies.

»Komm rein!« forderte sie Paula auf, wobei ein Lächeln die Strenge aus ihrem runden Gesicht wischte.

»Ich bin heute allein mit den Kindern, kannst mal zu ihnen, wenn du willst, aber sag ihnen nicht, dass du die Mutter bist.«

Paula klopfte vor Aufregung das Herz bis zum Hals. Damit hatte sie nicht einmal im Traum gerechnet. Zaghaft bedankte sie sich und unterdrückte das Zittern in ihrer Stimme.

»Schon gut, ich gebe dir eine Stunde. Dann müssen wir sowieso zum Abendessen.«

Paula lief auf die Mädchen zu. »Stimmts«, sagte die Ältere »du hast einmal in der Küche geweint?«

Paula brachte nur ein Kopfnicken zustande.

»Ich hab auch schon oft geweint. Wenn ich die Suppe nicht aufessen will. Dann muss ich immer an einem Tisch in der Ecke sitzen, ganz allein, bis der Teller leer ist. Und wenn das zu lange dauert, werde ich gefüttert, bis der Teller leer ist. Und dann weine ich immer.«

Ihre Worte erinnerten Paula an ungeduldig beendete Mahlzeiten in ihrer Berliner Wohnung. Jedenfalls hatte sie Eva da nie zum Aufessen gezwungen. Sie hatte Mitleid mit ihrer Tochter und strich ihr beruhigend über das Haar. Wie seidig es sich anfühlte. Nach drei Jahren konnte sie zum ersten Mal wieder ihr Kind berühren. Wärme durchströmte ihren Körper, so wie sie Wärme schon eine Ewigkeit nicht mehr gespürt hatte.

»Warum streichelt dich die Tante?« Susi kam hüpfend hinzu. »Wollen wir gemeinsam Verstecken spielen?« lenkte Paula die beiden Mädchen von ihrer Frage ab.

»Au ja, aber du musst uns suchen.«

Wie im Leben, dachte Paula und begann laut zu zählen...

Es war ganz schnell gegangen und lautlos. Zwei Geldscheine hatten ihm die Tür geöffnet. Er musste versichern, dass er nur eine Stunde benötige. Dafür würde sie auf der Lauer liegen.

Das winzige Zimmer war sauber und aufgeräumt, nur ein paar der schwer zu bekommenden Seidenstrümpfe hingen verräterisch über der Stuhllehne. Auf dem Nachttisch tickte eintönig der Wecker. Ansonsten war es still, so still, dass ihn das Knarren seines schweren Ledermantels selbst störte.

Mit geübtem Blick durchmaß er das Zimmer. Hier war nichts zu holen. Die karge Nachkriegseinrichtung bot nicht viel Verstecke. Eine abgeteilte Kochnische war für ihn am interessantesten.

Er öffnete alle Schranktüren und untersuchte das Geschirr. Der

Aufsatz des Küchenschrankes teilte sich in kleine Fächer, eins davon enthielt haltbare Lebensmittel, deren Verpackungen ihm die Herkunft verrieten. Zuletzt untersuchte er den zweiteiligen Kleiderschrank. Keine versteckten Fächer, auf einem Pullover lag ein Zettel mit einer Adresse. Den steckte er sich in die Manteltasche. Die Taschen in den Kleidungsstücken hatte er rasch durchsucht, denn der Inhalt des Schrankes hätte mühelos in einen Koffer gepasst.

Als er die hochhackigen Schuhe umdrehte, flatterten vier Geldscheine heraus. »Achtzig Mark, na also im Schuh. Die Süße hat 'ne ganz schöne Stange Geld«, murmelte er vor sich hin und ließ die Scheine in seiner Tasche verschwinden.

Rasch überflog er die Schriftstücke, fand aber außer dem Scheidungsurteil und den polizeilichen Vorladungen nichts Privates.

Es hatte nur eine Viertelstunde gedauert. »Zu wenig Ausbeute für einen zu hohen Preis«, dachte er ehe er verschwand.

Pünktlich um 20.00 Uhr stand Ida vor der Tür. »Oh Mann, und ich dachte immer, ich wäre die Schönste. Da werden die Amis aber gucken.«

Paula hatte mit der alten Brennschere ihr langes Haar in eine Lockenpracht verwandelt. Zaghaft hatte sie Augen und Lippen hervorgehoben. Die rosa Farbe des Lippenstiftes verteilte sie vorsichtig auch auf die Wangen. Sie trug ein Blumen übersätes Kleid mit einem Petticoat.

»Warte, nur noch die Schuhe.« Aufgeregt lief sie zum Kleiderschrank. Als sie einen übergestreift hatte, fiel ihr das mühselig gesparte Geld ein. Wenigstens einen Schein musste sie mitnehmen, wenn sie etwas trinken wollte. Vom nächsten Lohn konnte sie die fehlende Summe dann wieder zurück legen.

Sie schüttelte den zweiten Schuh, nichts.

»Was ist denn?« fragte Ida ungehalten und tippte auf die Uhr.

»Mein Geld ist weg.«

»Ach, wirst es schon noch finden. Komm jetzt, ich lege für dich aus. Kannst es mir nächste Woche zurückgeben.«

Paula überschaute rasch den Schrankboden. Aber es war nichts zu sehen.

»Na gut.« Schließlich streifte sie endlich ihren Schuh über. »Vielleicht hast du recht.«

»Toll«, grunzte Ida, während Paula sieben Zentimeter gewachsen war.

Als sie ihre Zimmertür verschlossen hatte, dachte sie trotzdem noch an das Geld und komischer Weise kam ihr die Zimmerwirtin in den Sinn.

Als sie auf dem S-Bahnhof standen, fiel Paula das Berlin-Verbot ein.

»Ach, hier kontrollieren die dich um diese Zeit nicht«, sagte Ida beruhigend. »Mit dem Auto, da wärs was anderes.«

Während sie auf die Bahn warteten, zogen sie die fettgedruckten Zeitungsmeldungen in ihren Bann: »Zunehmende Abwanderung von Fachkräften in den Westen! Im Westen arbeiten, im Osten billig wohnen! Zahl von verlassenen Kindern in der sowjetischen Besatzungszone dramatisch angestiegen!

Paula stutzte, warum nahmen die ihre Kinder nicht mit? Dort hatten es doch alle besser, wurde ihr oft erzählt.

Ida stieß sie an und flüsterte ihr ins Ohr: »Eines Tages bin ich auch weg, das habe ich mir fest vorgenommen. Will nicht immer verzichten, wenn ich ein paar Stationen weiter alles kriegen kann.«

Unauffällig waren sie eine halbe Stunde später im amerikanischen Sektor angekommen. Aus dem Tanzlokal drang einladend Rock´n-Roll-Musik von Bill Haley, das Modernste, was es gab und das Unerwünschteste im sowjetischen Sektor.

Ida summte fröhlich die Melodie mit, öffnete die Tür und schob Paula vor sich her.

»Oh, new girl«, rief ihr einer entgegen, während sich alle Augen auf sie richteten.

Eine Tischreihe schlängelte sich u-förmig am Saalrand entlang, die von einer vollbesetzten Bar unterbrochen wurde. In der Mitte spielte eine Jazzband, davor tanzten einige Paare. Die Männer trugen amerikanische Uniformen.

»Mein Name ist Bob.« Einer, der Männer kam auf sie zu. Und Ida schrie ihr ins Ohr: »Das ist er, mein Ami.« Freundlich nahm er beide zugleich an die Hand und zog sie an einen Tisch.

Die Band spielte den neuesten Titel und Ida hielt es nicht mehr auf dem Stuhl. Paula sah sich um, überall fröhliche Gesichter, auf jedem Tisch lagen Zigaretten und haufenweise Schokolade. »Möchten Sie tanzen?« drang eine Stimme hinter ihrem Rücken an ihr Ohr. Paula nickte dem jungen Mann mit den kurz geschorenen blonden Haaren zu.

»Jim, Captain Jim, US Air Force.« Er knallte die Hacken zusammen und vollführte dabei eine lässige Handbewegung an die Stirn. Paula musste lachen und antwortete mit einem ebenso zackigen: »Sir, ich folge Ihnen!« Lachend ließ sie sich von ihm auf die Tanzfläche ziehen.

Paula tanzte unbeschwert. Die ausgelassene Stimmung deckte für den Augenblick ihr bedrückendes Leben zu. Lange hatte sie sich nicht mehr so wohl gefühlt. Jim gefiel ihr, besonders seine dunklen Augen und seine Lässigkeit.

»Willst du eine Coke?« Und während Paula genüsslich das schmackhafte Getränk schlürfte, sagte Jim: »Ich kenne deine Geschichte schon von Ida. Wie alt bist du eigentlich?« »Dreiundzwanzig«, antwortete sie und auf ihrer Stirn zeigten sich Sorgenfalten.

Ein kurzer Bewunderungspfiff glitt durch seine Lippen. »Kannst du nicht rüber kommen?«

»Nein.« Ihr ganzer Körper versteifte sich, »meine Kinder sind dort« lehnte sie heftig ab.

»Na, die bringst du einfach mit.«

»Das geht nicht, ich habe kein Erziehungsrecht.«

»Dann holst du dir das eben zurück«, antwortete er so unbeschwert, als könne er mit seinen Worten ein Gerichtsurteil auslöschen.

Hoffnung flammte in Paula auf. Aber sie hatte noch zu wenig Geld, um das Verfahren neu aufzurollen.

Kurz nach ein Uhr bot Jim den beiden Frauen an, sie mit dem Auto nach Hause zu fahren.

»Auf keinen Fall, die Kontrollen...«, wehrte Paula ab.

»Keine Angst, wenn ich fahre, werden wir nicht kontrolliert«, beruhigte sie Jim und öffnete die Tür des Jeeps.

Am Schlagbaum legte Jim freundlich die Hand an den Mützenschirm und wurde, wie versprochen, einfach durch die Sperre gewunken.

Am nächsten Tag durchsuchte Paula gründlich ihren Kleiderschrank und dann das ganze Zimmer. Das Geld war nicht zu finden. Wieder kam ihr die Wirtin in den Sinn. Weil sie keinen Haustürschlüssel hatte, musste sie sich bei ihr an- und abmelden. Die wusste also immer, wann sie das Haus verließ. Morgen suche ich mir ein anderes Zimmer, dachte Paula wütend und entschlossen. Aber eigentlich war es zwecklos, denn auch den neuen Aufenthaltsort würde sie der Staatsmacht melden müssen, also blieb nur ein Ausweg.

»So Frau Stern« eröffnete der Schupo das Gespräch. »Heute sind Sie pünktlich, jetzt können Sie noch mal ihre Ausrede für den versäumten Termin aufbrühen.

Paula wurde wütend: »Wenn Sie meinen, dass das eine Ausrede werden sollte, muss ich Sie nicht wiederholen«, sagte sie bestimmt und mit aufgesetzter Freundlichkeit.

»Was Sie müssen oder nicht bestimmen wir!«, bekam sie heftig zur Antwort. »Wenn Sie einen Termin nicht wahrnehmen, verlängert das

Ihre Meldezeit. Außerdem können wir Ihnen auch verschärfte Bedingungen anordnen.«

Paula war sich keiner Schuld bewusst und ließ sich dieses Mal nicht einschüchtern. Sie hatte alle Auflagen erfüllt, wohnte außerhalb Berlins und konnte eine Arbeitsstelle nachweisen. Plötzlich legte er eine Hand auf ihre Schulter und sagte anzüglich: »Es geht aber auch anders.« Die Hitze seiner Hand brannte sich durch ihre Bluse und war ekelerregend. »Sie haben sehr schönes Haar.« Er beugte sich zu ihr herab und sog ihren Duft ein. Sein Gesicht war so nah, dass sie seinen üblen Atem spüren konnte.

Angewidert lehnte sie sich zur Seite und sah Hilfe suchend zur Tür.

Plötzlich klingelte das Telefon.

Während er sprach, hielt sein Blick Paula weiter gefangen. »Was?« brüllte er in den Hörer, »was, die Wirtin?« und drehte sich etwas zu spät um.

Ein zweiter Schupo betrat den Raum. »Also Frau Stern, wir sind informiert worden, dass Sie Verbindung zu Ihren Kindern aufgenommen haben, obwohl Ihnen das gerichtlich untersagt wurde.« Er steigerte sich in einen Befehlston: »Öffnen Sie mal ihre Handtasche!«

Paula versuchte, die Aufregung zu unterdrücken. Sie stellte die Tasche auf den Tisch und stand auf.

»Setzen Sie sich wieder, hier stehen nur wir« funkelte er sie von oben herab an.

Paula sank auf den Stuhl und öffnete die Tasche.

»Ausschütten!« befahl er weiter. »Da haben wir auch noch einen Beweis«, bohrten sich seine Augen in die Schokoladentafel. »Sind also noch andere Aktivitäten, von denen wir nichts wissen. Der Handel mit Schwarzmarktprodukten ist verboten. Und das könnte sie mehr als 80,00 Mark kosten.«

Paula horchte auf, genau ihre verschwundene Summe.

Wieder auf der Straße blieb sie unter einer Linde stehen und holte tief Luft, als könne sie damit die unsichtbaren Fesseln sprengen. Der Duft der Blüten stieg ihr in die Nase, die Luft war lau. Sie öffnete ihren Mantel und verspürte keine Lust, nach Hause zu gehen. Am liebsten würde sie weit fortlaufen, allem entrinnen, den Meldungen, der Überwachung, der Spitzelei. So konnte es nicht weitergehen und vor allem, so wollte sie nicht weiterleben.

Ihr fiel der Abend im Tanzlokal wieder ein, das unbeschwerte Gefühl, wie früher. Und Jim, der hatte sie daran erinnert, als sie siebzehn war und ihren ersten Mann kennenlernte. Er war ein toller Draufgänger und Musiker. Und zu vorgerückter Stunde hatte er auch immer die amerikanischen Titel gespielt. Einmal hatte er sich sogar mit so einer FDJ-Pfeife geprügelt, weil er den Jazz-Titel nicht beenden wollte.

Und eines Tages hatte er sie gefragt, ob sie ihn heiraten wolle. Sie war überglücklich, als er sie dann auch noch nach Berlin mitnehmen wollte. Er hätte da ein Angebot zu arbeiten, als Automechaniker. Er würde von der Firma sogar eine Wohnung bekommen.

Nach Berlin, hatte sie damals ohne zu überlegen gesagt, raus aus dem miefigen Nest ins schicke Leben. Feine Sachen und eine Wohnung zu zweit, das war schon immer ihr Traum gewesen. Sie waren noch nicht umgezogen, da war sie bereits schwanger.

Und dann kam alles ganz anders...

Idas Worte kamen ihr in den Sinn. Wenn sie die erdrückenden Zwänge abschütteln wollte, musste sie wirklich weg. Die Gedanken machten ihr Mut und nun wollte sie auch nach Hause.

»Hallo Paula«, rief Ida fröhlich und flog in ihr Büro.

Paula sah von der Schreibmaschine auf und lächelte.

»Bob und Jim haben uns eingeladen. Am Samstag, den 4. Juli haben die so 'nen Feiertag. Da geht wieder die Post ab mit Bill Haley.« Dabei summte sie den Titel und Paula hatte die Musik im Ohr. »Die wollen uns überraschen.« Sie hatte Paula angesteckt, die ihren letzten Ton aufnahm. Beide summten ausgelassen das Lied und trommelten dazu mit den Fingern auf die Schreibtischplatte.

Das rief sogar den Chef. »Wer singt denn hier Bill Haley?« fragte er und öffnete weit die Tür. Die beiden Frauen verstummten sofort und sahen ihn entschuldigend an.

Da nahm er den Ton auf, winkte den beiden ermunternd zu und trommelte den Takt mit zwei Bleistiften wie ein Profi-Schlagzeuger.

Als er den anschwellenden Lärm mit einem Trommelwirbel beendet hatte, sagte er: »Nun aber wieder an die Arbeit« und verließ, als wäre nichts gewesen, das Büro.

Ein Funke Unbekümmertheit hatte für einen Moment den Geruch von Freiheit.

Nur die aufgeschlagene Zeitung wies noch auf seinen Büroaufenthalt hin: »Walter Ulbricht« brüllten die fetten Schlagzeilen »dementiert Mauerbau mit den Worten: Niemand hat die Absicht, eine Mauer zu errichten!«

Als Paula im Konsum nach ihrer Butterkarte kramte, tippte sie jemand von hinten auf die Schulter.

»Frau Stern«, drang eine Frauenstimme an ihr Ohr.

Paula bezahlte und drehte sich um, hinter ihr stand die Erzieherin aus dem Kinderheim. Die Frau zog sie in eine entfernte Ladenecke.

»Wenn Sie wieder mal Bohnenkaffee hätten, Schokolade wäre auch nicht schlecht. Und übrigens, am Mittwoch bin ich allein mit der Rasselbande.« Mit einem vielsagenden Blick betonte sie ihre Worte.

Paula verstaute ihre monatliche Butterration und lächelte: »Werd sehen, was sich machen lässt.«

Als sie den Laden verließ, fiel ihr ein Mann auf, der sich aus einer Toreinfahrt löste.

Sie beschleunigte ihre Schritte, ihr Verfolger wurde schneller. Mit klopfendem Herzen stieß sie die Haustür auf, rannte die Stufen hinauf und schloss mit zitternden Händen ihre Zimmertür ab.

Dann lief sie zum Fenster. Ihre Augen suchten den dunklen Ledermantel. Doch wie eine Vision war er verschwunden.

Während ihr Atem sich allmählich beruhigte, beschloss sie, jede nur mögliche Spur ihres Tuns auszulöschen. Die wenigen persönlichen Unterlagen verstaute sie in ihrer Handtasche. Dann fiel ihr die Adresse des Kinderheimes ein. Den kleinen Zettel hatte sie zwischen den Pullovern versteckt. Aber auch nachdem sie alle auseinander genommen hatte, fand sie den Zettel nicht. Die Worte des Schupos, was hatte der gesagt? »Wir sind informiert worden, dass sie Kontakt zum Kinderheim...«

Eine schreckliche Ahnung kroch in ihr hoch, das Geld, die amerikanischen Süßwaren, die Adresse, die waren hier gewesen. Und die Wirtin...

Der Druck in ihrer Brust wurde stärker, kroch in den Hals und drohte, ihr die Luft abzuschnüren. Dieses Zimmer, fremde Menschen hatten wahrscheinlich in ihren persönlichen Sachen gewühlt. Nein, dachte sie und schüttelte sich, das würde sie auf keinen Fall länger ertragen.

»Wann fliegst du wieder nach Ramstein?« Paula zerteilte mit lauter Stimme den Rhythmus der Musik und berührte fast sein Ohr.

»Am Mittwoch.« Jim hatte den Hauch gespürt und zog sie enger an sich heran.

»Kannst du mich mitnehmen?«

»Wie?« fragte er erstaunt und schob sie von sich weg, um ihr in die Augen zu schauen. Als er die Entschlossenheit in ihrem Gesicht sah, zog er sie in seinen Arm: »Dich immer, Baby. Wollt ich dir schon letztes Mal sagen, die reden hier, der Russe mache demnächst alles dicht. Die Entwicklung im Ostsektor wird aus Moskau gesteuert und der Geheimdienst arbeitet auch nach deren Muster, nennt sich in der Ostzone Staatssicherheit.

Aber komm«, zog er sie von der Tanzfläche, »ich schreibe dir auf, wie du den Flughafen findest. Um 18.00 Uhr starte ich und keine Koffer.«

Die Tafel Schokolade war im Nu von oben bis unten bekritzelt. Er hatte alle S-Bahnstationen aufgeschrieben, die letzte hieß Tempelhof. Das Wort unterstrich er und setzte an das Ende einen Pfeil, so dass er aussah, wie ein Flieger.

»Hey, ihr zwei Turteltauben, was ist so wichtig, dass ihr die besten Titel verpasst? Jetzt kommt Elvis«, schrie Ida, der die Hitze im Gesicht die Wangen rot gefärbt hatte. Die blonden Locken fielen ihr wild in die Stirn.

Ausgelassen zog sie beide auf die Tanzfläche. »Wer weiß, wie oft wir noch hier tanzen können.« Und damit hing sie bereits an Bob und freute sich, dass Paula einen Freund gefunden hatte.

Der Mittwoch kam schneller als erwartet. Paula hatte nicht einmal Ida von ihrem Vorhaben erzählt. Nicht etwa, weil sie kein Vertrauen gehabt hätte, sie wollte sie einfach nicht belasten. Die kleine Schneiderei würde sie wahrscheinlich zum letzten Mal sehen.

Fast wehmütig saß sie an ihrem Schreibtisch und erledigte die Abrechnung. Wenigstens sollte alles auf dem Laufenden sein, wenn sie ab morgen nicht mehr kommen würde.

Der Chef tat ihr leid. Sie hätte sich gern offiziell von ihm verabschiedet, denn seine Hilfe hatte sie nicht vergessen. So blieb es bei den wenigen netten Worten, die sie ihm noch sagen konnte.

Ida, die herzige Frohnatur, würde sie am meisten vermissen. Ihr hatte sie Jim zu verdanken. Und auch, dass sie für ein paar Stunden wieder leben konnte. Eigentlich war ihr Entschluss auch von Ida ausgegangen. Wie oft hatte sie die Enge aufgebrochen und von einem Leben im Westen geträumt. Das hatte schöne Farben, wie ein Regenbogen. Und wenn es einem gelang, darunter hindurch zu gehen, sollte es Glück bringen. Und vom Glück war sie bisher eher gemieden worden.

Mit einem langen Blick verabschiedete sie sich von der kleinen Schneiderei. Sie trug nur ihre Handtasche bei sich. Die Schokolade von Jim hatte sie in die Tasche gesteckt.

Unruhe kroch in ihr hoch, als sie ein letztes Mal den Weg zum Kinderheim einschlug. Nur noch einmal die Kinder sehen, dachte sie traurig. Nicht einmal ein Bild hatte sie von ihnen. Deshalb sollte sich dieser letzte Augenblick in ihr Gedächtnis brennen.

Sie sah auf die Uhr. Es war bereits 15.30 Uhr. Jetzt wurde ihr doch flau im Magen. »Keine Auffälligkeiten«, hatte Jim ihr geraten.

Als sie um die Ecke bog, erschien das Schloss, wie in einem Märchen. Rosen rankten an den grauen Mauern und schmückten sie mit ihren Blüten.

Ihre Augen suchten unter den wieselnden Kindern. Da war Susi. Als sie näher kam, rannte die Erzieherin aufgeregt auf sie zu. »Eva« rief sie, während Paula ihre kleine Tochter ein letztes Mal streichelte. »Eva« wiederholte sie atemlos. »Die ist nicht mehr hier, ein junger Mann und einer im Ledermantel haben sie mit einem dunklen Wagen gestern abgeholt. Sie würden sie nach Berlin bringen. Mehr haben sie mir nicht gesagt.«

Paula stand wie erstarrt. Nur im Unterbewusstsein nahm sie wahr, dass sie ihr Kind nicht mehr sehen würde. Sie war unfähig zu denken. Die Schlagzeilen hämmerten in ihrem Kopf: »Der Russe macht alles dicht!«

Plötzlich riss sie ihre jüngste Tochter an sich.

Nur einen Augenblick hatte sich die Erzieherin nach den anderen umgesehen.

Paula rannte um ihr Leben und um das Leben mit ihrem Kind.

Als sie im Bahnhof verschwand, löste sich eine schwarze Limousine von ihren Fersen.

Mit klopfendem Herzen drückte sie Susis Hand, die während der Fahrt anfing zu weinen.

»Du brauchst keine Angst zu haben, ich bin deine Mama.«

»Aber Papa hat gesagt, wir haben keine Mama mehr.« Sie wischte sich mit beiden Händen über ihr Gesicht und hinterließ schmutzige Spuren.

Paula versuchte die Anspannung zu unterdrücken.

Ein untersetzter Mann setzte sich neben sie.

Aus ihrer Tasche nahm sie die Schokolade. Während Susi sich lutschend beruhigte, überflog Paula das Schokoladenpapier. Gehetzt sah sie auf die Uhr. Das Haar klebte an ihrer Stirn. Es war bereits 17.55 Uhr. Die Bahn ruckte: Tempelhof.

Paula nahm Susi auf den Arm und lief hastig die Treppenstufen hinunter.

Der Mann konnte ihr kaum folgen.

Wie aufgezeichnet führte der Feldweg zur Rollbahn. Eine kleine Maschine stand dort startbereit.

Die Propeller drehten sich bereits in Richtung Freiheit...

Die Taschengeldgesellschaft

Im Jahre 2025 befindet sich Deutschland in einem erbärmlichen Zustand.

Das Land wird von Politikern regiert, die seit ihrem Wahlsieg 1998 mit vollmundigen Versprechen für das Volk immer wieder ihre Macht erhalten konnten. In Wahrheit aber waren die Politiker zu Strohpuppen für eine mächtige Lobby verkommen, die hinter ihrem Rücken ein Netz der Macht gesponnen hatte, in dem sich die herrschende Geldgier verfing. Sie tarnten ihr Dasein mit Verbänden und Vereinen als so genannte Interessenvertreter, für deren Aufzählung inzwischen drei Telefonbücher nicht mehr ausreichten. Um sich ein üppiges Salär zu zahlen, hatten sie Geld vermehrende Satzungen erfunden und Mitgliedschaften für alle Berufsstände erzwungen. Die wurden über die Jahre so ausgepresst, dass ihnen der Atem abgeschnürt wurde und sie nacheinander ihr Leben aushauchten. Irgendwann vereinnahmten sie diese Firmen, die öffentlich GmbH´s, in Wirklichkeit aber Staatsfirmen waren.

Die wenigen Selbständigen, die für ihren gesamten Unterhalt allein aufkommen wollten, wurden durch die Lobby in das bestehende Staatsgefüge gepresst. Sie sollten wie alle anderen kontrollierbar sein und mussten dafür den Preis ihrer Freiheit zahlen. Als die Beiträge und Abgaben der Menschen ein Dreiviertel ihres Arbeitslohnes auffraßen, holte die mächtige Lobby zu ihrem letzten entscheidenden Schlag aus. Und hier beginnt meine Geschichte:

Wieder einmal war die heiße Wahlkampfphase angebrochen. Wilhelm, seit zwölf Jahren Bundeskanzler, sann über neue Parolen nach, mit denen er die Menschen verführen und ihr Handeln beeinflussen konnte. Bisher war es ihm immer dann gelungen, dass sie ihm folgten, wenn er ihnen gönnerisch einen Brocken hinwarf. Gutgläubig schluckten sie den und wurden nach seinem Wahlerfolg dafür finanziell geprügelt.

Er hielt sein Computertelefon in der Hand und wusste nicht, was er ihm sagen sollte. Steuerpflicht für über fünfzig Steuerarten, unzählige Subventionen, staatliche Gebühren und Abgaben, Zwangsrente, Zwangsversicherungen, was sollte ihm da noch neues einfallen?

Gelangweilt drückte er auf die Taste des Luft gepolsterten Sessels. Er stellte sich automatisch in die eingespeicherte Stellung zurück. Dabei schnarrte er unentwegt: »Die angegebene Luftmenge wurde unterschritten.«

Allmählich ging ihm das auf die Nerven. Diese blöden TÜV geprüften Dinger, überhaupt das ganze Leben hier TÜV geprüft. Wann hatte das eigentlich angefangen?

»Halts Maul« raunzte er in das leere Zimmer hinein und merkte gar nicht mehr, dass er sich mit dem Stuhl unterhielt.

»Es ist fünfzehn Uhr dreißig«, füllte eine erotische Frauenstimme den uhrenlosen Raum.

Eigentlich war man nicht mehr allein. Man kann sich gut mit allen technischen Geräten unterhalten, aber man kann auch nicht mehr überlegen, dachte er, ständig mischte sich deren Gelaber in seine wichtige Kopfarbeit.

»Also, was ist?«, stürmte Johannes in sein Arbeitszimmer, »willst du noch Strohpuppe bleiben oder langsam zu uns aufsteigen? Den Aufstieg zu uns musst du dir verdienen«, hüstelte der Chef des Verbandes der Industriellen.

»Wie willst du diesmal die Wahl gewinnen?

»Die Tür wurde nicht verschlossen«, krähte es hinter seinem Rücken aus der Türfüllung.

»Ich werd noch verrückt, wie soll man denn hier klar denken?«

Wilhelm wischte sich die Schweißperlen von der Stirn und drückte auf den Hemdkragen. Der öffnete automatisch die oberste Hemdenleiste und gab ihm die Freiheit zum Atmen. Das brachte ihn auf eine Idee.

»Wir wissen über die Mietverträge, wie viel Quadratmeter Wohnfläche jeder einzelne nutzt. Wir nehmen das als Grundlage für die Berechnung des Rauminhaltes und erheben darauf eine Raumluftsteuer.«

»Und wie willst du das begründen, ich meine, dass das Wahlvieh das frisst?« fragte Johannes erstaunt und zupfte sich an seiner spitzen Nase.

»Ganz einfach, über die Klimaanlagen muss die Luft täglich gereinigt werden und das kostet. Und wenn die gesund bleiben wollen, müssen die eine Steuer drauf zahlen. Wir jagen ihnen kräftig Angst ein wie immer. Du weißt, mit der Angst haben wir seit den letzten Wahljahrzehnten die besten Ergebnisse erzielt. Und der Angst schicken wir gleich noch einen Verordnungsknebel hinterher. Wenn das Wahlvolk nicht mitmachen will, muss es höhere Beiträge für die Krankenversicherung zahlen. Denn die schlechte Atemluft schadet ihrer Gesundheit und dies verursacht wiederum höhere Behandlungskosten. Wirst sehen, wir kriegen sie alle!«

»Gute Idee«, frohlockte Johannes »und was ist der Speck?« Wilhelm verschränkte angeheizt die Arme vor der Brust und holte tief Luft. Dabei drückte er zu heftig auf die Herzgegend. Schweißperlen standen ihm auf der Stirn. Sein Gesicht färbte sich dunkelrot.

»Ihr Blutdruck«, mahnte es streng in den Raum, »einhundertneunzig zu hundert. Bewegen sie sich!«

Sofort begann sich um seinen Schreibtisch der Fußboden zu drehen, so dass der dürre Johannes fast das Gleichgewicht verloren hätte.

»Da hast du′s, so ein Mist, hab wieder die Stelle berührt«, begann Wilhelm hektisch zu laufen, was ihm noch mehr Schweiß auf den Körper trieb. Seine Stimme begann zu holpern: »Klimaanlagen, die veralteten, die wir aus den Regierungseinrichtungen und Verbandszentralen ausgebaut haben. Das ist der Speck fürs Stimmvieh. Die schenken wir denen. Umsonst nehmen die das alle und wenn wir wieder fest im Sattel sitzen, folgt der Bumerang.«

»Ihr Blutdruck sinkt, noch fünf Minuten.« befahl es aus dem Boden. Der Schweiß rann Wilhelm den Rücken herunter und durchnässte sein Hemd.

Er prustete und fluchte: »Scheiße, wenn ich jemals hier raus kommen sollte, reiß ich alles, was ein Prüfschild trägt aus den Wänden. Als späte Rache sozusagen.«

Johannes stand auf festem Boden, zog sein viel zu weites Hosenbund hoch und grübelte darüber nach.

»Gar kein schlechter Gedanke, Klimaanlagen, zunächst präsentieren wir das auf der Pressekonferenz, aber ohne ein Wort über die neue Steuer.«

»Blutdruck einhundertvierzig zu achtzig, in Ordnung« schnarrte die Fußbodenstimme, während die Drehbewegung und Wilhelms Lauf endeten.

Das Pressecenter war bereits gerammelt voll. Sogar auf den Gängen standen die Journalisten und lauerten auf die nächste Gabe des Bundeskanzlers.

Wilhelm betrat den Frischeraum. »Nur noch drei Minuten bis zum Pressetermin«, mahnte eine kalte Stimme.

Der Sprühkopf glitt lautlos wie eine Schlange aus der Wand und servierte seinem erhitzten Gesicht einen kühlen Spritzer. Er strich sich rasch die Strähnen aus der Stirn. Der Spiegel verschwand sofort wieder in der Wandverkleidung.

Lautes Stimmengewirr empfing ihn im Pressesaal. Aus der Erde wand sich ein winziges Mikrofon und leuchtete als heller Punkt am Boden.

»Also«, begann er, wobei die Anwesenden verstummten. »Jeder Bürger bekommt von der Regierung eine Klimaanlage.«

Sein Blick fiel prüfend auf die Gesichter. Er bemerkte, dass seine Worte ihre Wirkung nicht verfehlten.

»Und was ist der Preis«, rief ein junger Mann aufgebracht aus der Menge.

»Lassen Sie mich doch ausreden.« Triumphierend holte er Schwung: »und zwar umsonst.«

»Waaas?« hörte er ein langgezogenes Raunen. »Aber die Sache hat doch bestimmt einen Haken«, meldete derselbe sich wieder. »Auf Geschenke folgten bisher immer höhere Kosten.«

»Keine Haken, wir verbessern damit sogar die Gesundheitsvorsorge.« Wilhelm fühlte sich so gut wie seine Worte.

»Dieses Mal, hat sich das Volk fest vorgenommen, glaubt es nicht wieder an Wahlversprechen. Die Menschen haben fast keinen Lohn mehr in der Tasche.«

Eine junge Frau rief aufgeregt dazwischen: »Ich weiß aus meinem Umfeld, dass keiner mehr zu höheren Abgaben bereit ist. Den Leuten bleibt heute schon weniger als ein Viertel ihres erarbeiteten Geldes.«

»Das ist oftmals nicht viel mehr als ein Taschengeld«, schloss der Erste hektisch daran an.

Wilhelms Knopf im Ohr meldete sich: »Die Zeit ist um. Bitte begeben Sie sich in den Brunchraum.« Gott sei dank«, dachte er und sagte beruhigend: »Es bleibt dabei, jedem eine Klimaanlage.« Mit diesen Worten verließ er den Pressesaal.

»Taschengeld?« schwirrte es in seinem Kopf. Gute Idee.

»Was wäre, wenn wir jedem Bürger zukünftig nur noch ein Taschengeld zahlten?«

Zwischen zwei Happen war Johannes von der Idee begeistert: »Ja, wir behalten von allen den gesamten Arbeitslohn ein, bestreiten davon die Unkosten für Lobby und Regierung, einschließlich dem bisschen, was die da unten kosten und geben jedem das gleiche Taschengeld.

»Trinken Sie Milch, Ihr Kalziumspiegel sinkt« quakte es vom Tisch.

»Herr Gott nochmal«, hieb Wilhelm auf den Tisch. Das Gequake verstummte.

»Fein, das wäre ein weiterer Sieg für die Gleichmacherei und gegen den Neid. Wir würden alles für das Wahlvolk tun. Und man könnte vielleicht sogar die Kriminalität mit Taschengeldentzug bestrafen.

»Toll« dachte Johannes, rieb sich die Hände, und sah im Kopf die Zahlen auf seinem Bahamakonto wachsen.

Im Jahre 2025 wählte Deutschland die Taschengeldgesellschaft.

Die Jagd nach dem Glück

Das Glück schaukelte auf einer Welle und sonnte sich in seiner Begehrlichkeit. Es wartete auf den Zufall, um sich mit ihm zu paaren und sich zu verschenken.

Da kam der Zufall mit einem Politiker. »Ich brauche dich, Glück, denn ich muss die Wahlen gewinnen«, bat er das Glück in bestimmendem Ton.

»Du brauchst mich nicht« wehrte das Glück ab,»denn du hast vergessen, dass du deinen Wählern dienen musst. Du hast der Macht dein Gewissen geopfert. Dein Glück liegt bereits in den Steuertöpfen deiner Wähler. Da brauchst du dich nur noch zu bedienen.« Damit ließ es den Politiker stehen.

Einige Zeit später lief ihm ein Beamter über den Weg: »Liebes Glück«, schmeichelte der, »ich brauche dich dringend, denn ich warte auf meine Beförderung, die längst überfällig ist.«

»Du?«, überlegte das Glück, »du brauchst mich auch nicht, denn du hast eine Anstellung auf ewig. Und dafür hast du dein Gefühl verkauft. Dein Glück liegt in den Gesetzen und Verordnungen für die anderen und das muss reichen!« Mit diesen Worten wandte es sich ab und ließ den Beamten ziehen.

Nach wenigen Minuten lief ihm ein Arbeitsloser über den Weg. »Ich brauche dich, Glück, damit ich morgen noch für ein weiteres Jahr mein Geld erhalte.«

Über diese Worte wunderte sich nun das Glück. »Du brauchst mich auch nicht, denn bei der Gesetzeslage steht dir das Geld zu und dafür hast du bereits deinen Arbeitswillen verkauft.« Mehr hatte es auch für den Arbeitslosen nicht übrig.

»Wenn das so weiter geht«, dachte das Glück, »bin ich hier über-flüssig. Denn für die Menschen hat das Glück offenbar nur noch ein Geldgesicht.« So beschloss es, sich bis auf weiteres zu behalten und döste leise vor sich hin.

Da kam der Zufall mit einem Selbständigen. Der achtete nicht auf das Glück, sondern arbeitete in sich versunken an einer Wandverzierung. »Ich habe solch ein Glück«, sagte er mit einem zufriedenen Blick, »ich gehe einer Arbeit nach, die mich täglich erfüllt, schaffe Arbeitsplätze, fülle die Steuertöpfe für das Gemeinwohl und liege keinem auf der Tasche.«

Das Glück schaute ihn fragend an: »Und, du brauchst mich wirklich nicht? Ich meine jetzt, wo ich schon einmal da bin?«

Der Selbständige wischte sich den Schweiß von der Stirn, während sich seine Miene verfinsterte: »Doch, vielleicht kannst du mir helfen, all die Geier von mir abzuhalten, die mir voller Neid in die Taschen greifen. All die, die gut von meiner Arbeit leben, ohne selbst etwas dafür zu tun. Das wäre ein Glück.«

Als das Glück das hörte, schüttelte es sich. Was war das für ein Wunsch? Und wieso wäre das das Glück?

»Dafür brauchst du meine Hilfe nicht, das kannst du selber tun.«, antwortete das Glück, als es seine Worte wieder gefunden hatte. »Na gut«, stöhnte der Selbständige unter der Abgabenlast, »dann brauche ich dich eben nicht, aber dann gib mir wenigstens die Macht.«

»Ich bin aber das Glück und nicht die Macht. Die hat bereits der Politiker. Denn auch deine Wahl gab ihm die Macht.« Damit verließ das Glück den Selbständigen, der inzwischen in Nachdenklichkeit versunken war.

Es schaukelte müde geworden vor sich hin, als ihm ein gelangweilter Teenager begegnete. »Was ist« fragte das Glück, »brauchst du mich vielleicht?«

»Wofür?« gab er mit ausdruckslosen Augen zurück, »hier kann mir nicht einmal das Glück helfen. Denn ich suche ein Land, in dem ich eine Zukunft habe. Da müsstest du erst das ganze Land verwandeln.«

»Ich bin aber kein Zauberer, sondern das Glück. Und verändern kannst nur du selbst etwas«, antwortete das Glück, während es freudig einen Funken von Aufbegehren in den Augen des Jungen wahrnahm.

»Aber ich merke, dass du mich als einziger in diesem Lande wirklich brauchst. Deshalb biete ich Dir meine Hilfe an. »Doch zunächst gebe ich dir einen Rat. Lass dich nicht in ein Netz finanzieller Abhängigkeiten fallen, denn das lähmt nur den eigenen Willen und raubt dir die Kreativität. Verfolge konsequent dein Ziel und lebe dein Wesen. Und ich verspreche dir, dich dabei zu begleiten.«

Damit blieb das Glück an ihm hängen, denn es spürte, auf der Suche nach dem Sinn des Lebens würde er es brauchen.

Ein Glücksgefühl durchströmte den Jungen, wie eine warme Woge und er zog lächelnd davon.

Vogelfluch

Die Natur erwachte am Sonntag mit einem Hahnenschrei. Tau legte sich auf das Land, wie eine erfrischende Morgenwäsche. Die Luft schien rein und klar. Während die Frühlingssonne noch über den Horizont lugte, zog in der Ferne ein Traktor summend seine Kreise und entledigte sich seiner tonnenschweren Last.

Ein beißender Gestank war seine Spur, die letzten Reste der nahe gelegenen Geflügelfarm, in wenigen Stunden vom Wind verschluckt.

Erste Vogelstimmen begrüßten den Morgen und über dem Feld kreiste ein heimkehrender Schwarm in geordneter Formation. Das letzte Zeichen der Natur für den Beginn der Jahreszeiten. Die Graugänse waren zurückgekehrt, um ihrer Art wieder neues Leben einzuhauchen. Nach einem kräftezehrenden Flug ließen sie sich auf dem Feld nieder, von dem sich der Geruch inzwischen verzogen hatte. Hungrig pickten sie erste Keimlinge vom frisch gedüngten Boden.

Plötzlich ließ sie ein wüstes Geschnatter aufhorchen. Sie hörten die Rufe und Schreie ihrer eigenen Art. Ein einziger Hilfeschrei aus Todesangst, wie von eigenen Vogelkindern, wenn sie in Bedrängnis geraten waren. Eine Graugans flog näher heran.

Die Stimmen drangen aus geöffneten Luken hinter verschlossenen Mauern, aus denen nur ein beißender Gestank entweichen konnte. Mit lauten Klagerufen flog sie zu den anderen zurück und sang das Lied vom Tod.

Aufgescheucht verließen die Graugänse das Feld.

Inzwischen zauberte die Sonne eine Bilderbuchlandschaft in die Natur und hüllte alles in ihren strahlenden Glanz. Das Land lag friedlich und atmete in Sonntagsruhe.

Zufrieden hatte der Bauer seinen Traktor auf den Hof gelenkt und saß mit der Zeitung am Frühstückstisch.

Nachdem er das frische Ei aufgeschlagen hatte, eines von den freilaufenden Hühnern aus eigenem Garten, fiel ihm die Schlagzeile auf: »Vogelgrippevirus bei Zugvögeln in Asien aufgetaucht.«

Er lächelte auf die Buchstaben, während er die Schreie aus der Farm überhörte.

Dann las er weiter. »Damit Übertragung auf Nutztiere verhindert wird, ist freilaufendes Geflügel einzusperren.«

Und während er daran dachte, dass die Öko-Bauern sowieso viel zu viel Aufwind hatten, löffelte er das weiche Eigelb aus der Schale.

Seine Augen flogen über die schwarze Schrift. »In der Nähe der Landeplätze von Zugvögeln sind freilaufende Tiere von Höfen vorsichtshalber zu vernichten, damit eine Übertragung auf den Menschen verhindert wird.«

Er leckte den Eierlöffel zweimal ab. Das Ei schmeckte ihm heute besonders gut.

Er las weiter: »Impfstoff gegen das Virus wird bereits produziert, ist aber noch nicht in ausreichender Menge vorhanden.«

Er drückte die leere Eierschale ein wenig zu heftig in den Becher.

»Na endlich«, murmelte er zufrieden vor sich hin, »läuft ja alles, wie geplant.

Und dann dachte er an die Vorstandssitzung: Erst versetzen wir den Öko-Bauern den entscheidenden Schlag und dann füllen wir der Pharmaindustrie die Taschen.

In seinem Kopf verwandelte sich seine Belohnung in eine fünfstellige Zahl und versetzte ihn in freudige Erregung, denn er zählte zu den Mächtigen.

Und weiter sang die Natur das ewige Lied vom Werden und Vergehen, wie an jedem Tag, der mit dem Morgen geboren wurde und mit dem Abend verstarb. Alles hatte sie perfekt aufeinander abgestimmt. In ihr herrschte vollkommene Harmonie. Es gab Stärke und Schwäche, aber diese hatte sie geschaffen, um Unregelmäßigkeiten immer wieder auszugleichen, aber niemals dazu, eine Lebensart auszumerzen.

Totale Kontrolle

»Testpersonen gesucht – bis 3.000€ im Monat«
Tel: 45691314

Es war dieser Geruch. Ganz allmählich kroch er in seine Nase und schwang in den Traum, ehe er ihn in die Wirklichkeit zerrte.

Paul öffnete die Augen, nur für ein Blinzeln. Die weiße Decke des Zimmers vervollständigte seine Verwirrung. Langsam erwachten die Körperteile, nur seine Erinnerung schien noch zu schlafen. Aus der Ferne kroch ein gleichmäßiges Piepsen, dazwischen hörte er menschlichen Atem. Und wieder dieser Geruch, jetzt stärker, eine Mischung aus Äther, Kampfer und Desinfektionsmittel.

Stechend weckte er sein Gedächtnis: Die Anzeige. Pauls letzter Ausweg. Er erinnerte sich an die monatelange Jobsucherei. Unzählige Male war er auf die Anzeigen hereingefallen: »Hohe Verdienstmöglichkeiten von zu Hause aus!«

Da war die Hoffnung, die nach einem einzigen Anruf immer wieder in Ausweglosigkeit zerfiel. Zahlreiche WWW-Adressen, die nur die Telefongesellschaften reicher machten. Angebote auf Nordsee-Bohrinseln mit 0180er Vorwahlnummern, Kugelschreiber montieren mit nichtssagenden zeitraubenden Ansagebändern.

Alles ein einziger Dummenfang.

Besonders in Zeiten hoher Arbeitslosigkeit fanden sich Firmen zu diesem grausamen Spiel mit der Hoffnung. Skrupellos und ohne Gewissen kauften sie den Arbeitswillen. Bis auch der letzte eigene Cent aus einem Arbeitssuchenden herausgepresst war.

Paul hatte alles ausprobiert bis auf die Samenspende. Die war für ihn das Allerletzte.

Dann war er auf diese Anzeige gestoßen.

Wieder vernahm er die Atemgeräusche.

»So Herr Bennett, das war's. Sie haben alles gut überstanden. Ich bringe Ihnen ein Frühstück. Danach noch eine kurze Visite und schon sind Sie entlassen. Die Kasse befindet sich in der ersten Etage. Und in einer Woche sehen wir uns wieder.«

Die schnarrende Stimme der dürren Schwester, sauste an ihm vorbei, wie ihre hektischen Bewegungen. Sie zog die Kanüle aus seinem Handrücken und drückte ein Pflaster über den Einstich. Paul fühlte sich noch schwerelos bis das Frühstück allmählich seine Kräfte weckte.

Ein drahtiger Doktor, der sich als Professor Hardt vorstellte, erklärte ihm, dass das neu ausprobierte Narkotikum keine Nachwirkungen gezeigt habe. Jedenfalls noch nicht. Mit dem Satz: »Alles ganz harmlos« verabschiedete er sich eilig.

Paul fühlte sich noch etwas benommen, als ihm an der Kasse drei Riesen auf den Tisch gezählt wurden. Alles in Hunderten. So viel in bar hatte er seit geraumer Zeit schon nicht mehr gesehen und noch weniger daran geglaubt.

»Wo soll ich unterschreiben?« brachte er müde heraus. »Keine Quittung«, erhielt er kurz zur Antwort.

Egal, dachte er, während er die kalten Scheine fühlte, Hauptsache das Geld. Er wunderte sich auch nicht mehr über das Taxi, das vor der Tür der Klinik bereits auf ihn wartete.

»OK, die erste Stufe ist erfolgreich angelaufen«, grinste Patrick auf den Monitor, während er den Neurologieprofessor an seiner Seite musterte.

Der verfolgte alle Angaben mit diesem triumphalen Blick.

Die Eingangsdaten waren perfekt: männlich, fünfunddreißig, 1,89, Blutbild o. B., Lungenfunktion, wie die eines achtzehnjährigen und durchtrainiert, wie ein Leistungssportler.

Er strich zufrieden über seinen weißen Kittel, während Patrick mit einem Mausklick das erste Bild in das winzige Labor schweben ließ. »Dienstag, 2. Juli, es geht los!«

Am nächsten morgen kam Paul Bennet nur allmählich zur Besinnung. Er fühlte sich wie aus einem tiefen Traum gezogen und spürte ein leichtes Ziehen hinter der Schläfe.

Seine Augen wanderten zu den leuchtenden Ziffern der Uhr. Es war kurz nach zehn. Wie lange hatte er geschlafen? Er versuchte krampfhaft, sich den Tag ins Gedächtnis zu rufen. Nur allmählich kroch die Erinnerung hervor. War ein gutes Mittel, dachte er zufrieden und fühlte sich ausgeschlafen und fit, wie schon lange nicht mehr.

Als er das Shirt über den Kopf zog, wirbelten grüne Scheine auf den Boden. Erleichtert lächelte er auf das Geld und spulte fünfzig Liegestütze auf dem rechten Arm herunter, dann auf dem linken. Die Luft stand stickig in seinem winzigen Zimmer.

Er öffnete das Fenster, sah die S-Bahn über die Gleise rauschen und dachte an eine prickelnde Dusche.

Als das Wasser kalt von ihm abperlte, betrachtete er selbstgefällig sein Spiegelbild und nun wünschte er sich eine Frau.

»Das müssen Sie sich ansehen«, rieb sich Patrick die Hände, »die erotische Zone ist aktiviert. Es hat geklappt.« Sein Atem wurde etwas schneller: »Geil, das ist ja besser als ein Porno.«

Professor Hardt löste sich vom Elektronenmikroskop. Er fuhr sich durch das weiße Haar: »Alles abspeichern und keine Minute unterbrechen«, erteilte er kurz die Weisung. »Ich brauche das Material für die Tagung.«

Patrick fühlte die aufsteigende Erregung, während eine weibliche Testperson seine Sinne vereinnahmte.

Paul plante für den Abend einen Kneipenbesuch. Da fand sich immer eine nette Abwechslung. Er löste in Gedanken einen Hunderter für den Kühlschrank auf. Die kläglichen Reste warf er in den Müll. Das Frühstück konnte ihm der Pizzadienst besorgen, es war ohnehin fast Mittag.

Sein Handy war noch warm, als es an der Tür klingelte. Er rieb sich über die kurzen blonden Haare, hängte das Handtuch über den Kopf und öffnete die Tür.

»Ihre Pizza«, flog ihm eine dunkle Stimme entgegen. Paul stand wie erstarrt. Eben noch hatte er sich eine Frau gewünscht. Aber das hier übertraf seine Vorstellungen.

»Schnell, lassen Sie mich rein. Ich muss dringend mit ihnen reden«, sagte sie hastig, während sie mit einer heftigen Kopfbewegung ihre Locken aus dem Gesicht beförderte. Ihr gehetzter Blick flog die Treppe herunter, als würde sie jemand verfolgen.

Paul war immer noch nicht in der Lage zu reden, aber sie hatte ihn bereits in das Zimmer geschoben. Zwischen ihnen schwebte nur die Pizza.

»Wo kann ich die ablegen?«

Wortlos nickte Paul in die Richtung des Tisches.

»Sie müssen weg hier, weit weg und so schnell wie möglich zu einem Arzt. Sie gehören auch zu diesem Projekt. Ich habe zwar noch nicht für alles Beweise, aber ich bin ganz nah dran.«

Ihr ebenmäßiges Gesicht mit dem herzförmigen Fleck auf der Wange überzog Strenge. Zwei steile Falten auf der Stirn unterstrichen den Ernst in ihren Worten.

»Wachen Sie auf oder wirkt die Narkose noch immer?« rüttelte sie an seinem Arm.

Paul nahm das Handtuch von den Schultern. Allmählich kam er in die Wirklichkeit zurück.

»Wieso, sind Sie Krankenschwester?« sah er sie mit einer Mischung aus Bewunderung und Freude an.

»Nein aber ich gehörte auch zu dem erlesenen Personenkreis. Und wenn ich Sie so anschaue«, dabei glitten ihre Augen rasch über seinen bloßen Oberkörper, »wird mir einiges klar.«

Ihre Blicke trafen sich wieder.

»Und tun Sie mir einen Gefallen, denken Sie nur an mich.« Dabei strich sie Paul flüchtig über die Stirn und blieb an seiner Schläfe hängen. »Nummer dreizehn«, flüsterte sie. »Sollte mir nicht schwer fallen«, entgegnete er lächelnd. »Aber vielleicht erklären Sie mir erstmal, wer Sie sind und was Sie wollen.«

Paul war jetzt hellwach und ließ sich in den Sessel fallen. »Und übrigens, die Pizza wird kalt. Sie können sich mit mir das Frühstück teilen, jetzt, wo Sie schon mal da sind.«

Er öffnete den Karton und ließ würzigen Käseduft ins Zimmer schweben.

Im selben Augenblick setzte sie die Nadel an seinen Arm und spürte, wie seine Sinne davon flogen.

Im Labor summte die CD beruhigend im Laufwerk, als sich der Bildschirmschoner allmählich wieder in das menschliche Gehirn verwandelte.

»Mist«, fluchte Patrick vor sich hin, »das wäre eine ganz heiße Nummer geworden«. Der Computer hat eben zu wenig Speicherkapazität, aber der Professor wollte von der Geldausgabe nichts wissen, noch nicht.

Nachdem er den Computer erst einmal heruntergefahren hatte, übergab er dem Professor die CD.

Der war auf dem Weg zum Hörsaal der Klinik, in dem ein auserlesener Personenkreis bereits auf ihn wartete.

»Das ist die größte Entdeckung, die je ein Mensch gemacht hat«, sprühte aus seinen Augen ein Feuer der Begeisterung in die Tafelrunde.

»Aber bevor ich Ihnen die Forschungsergebnisse erläutere, fordere ich von allen hier im Saal befindlichen Personen absolute Diskretion!« Der Blick des leitenden Professors für Hirnforschung wandelte sich in den eines Fuchses und umschloss Person für Person, als wolle er sie prüfen.

»Wenn auch nur ein Funken davon an die Öffentlichkeit dringen würde, hätte das katastrophale Folgen nicht nur für die Medizin, sondern auch für die Politik.«

Die im Raum versammelten Personen, ausschließlich Männer, trugen schwer an Rang und Namen. Ausgewählte Doktoren der Neurologie lauschten genauso erwartungsvoll den Ausführungen wie führende Politiker des Bundestages. Die zuerst fragwürdige Teilnahme des Chefs des Verfassungsschutzes schien nun alle in Sicherheit zu wiegen, denn die Blicke der Anwesenden hefteten sich sofort auf ihn.

»Also« meldete sich Professor Hardt wieder, »ich hoffe, wir haben uns richtig verstanden.« Dabei legte er eine Pause ein, während sein scharfer Blick die Versammelten nochmals umschloss.

Er wies auf die Abbildung eines Chips, kleiner als ein Wassertropfen. Daneben ein menschliches Gehirn.

Dann begann er geheimnisvoll: »Was ich Ihnen jetzt sage, ist in seiner Bedeutung und in seinen möglichen Auswirkungen für Sie wahrscheinlich kaum fassbar.«

Er fuhr sich durch das weiße Haar, die knochigen Finger verweilten an seinem Kinn, so als überlege er immer noch, ob er seine Entdeckung offen legen solle.

»Von nun an sind die Gedanken nicht mehr frei! Ich kann, und vielleicht auch bald Sie hier in der Runde, erfassen, was jeder denkt.«

In den Augen der Anwesenden stand zunächst das blanke Entsetzen.

Der Professor schaute dem Innenminister nur einen Moment in die Augen und sah triumphierend, der dachte sofort an die Macht...

Sanft schaukelten Pauls Sinne an die Oberfläche. Er fühlte sich wie auf weichem Moos, eingehüllt in warme Sonnenstrahlen, von gleichmäßigem Summen umgeben.

Ein feenhaftes Wesen beugte sich über ihn. Ihm war, als hätte er es schon einmal gesehen. Die Erinnerung schwang wellengleich in sein Gedächtnis und weckte seinen Körper.

Als er die Augen öffnete, erkannte er das Innere eines Krankenwagens. Er brachte nur mühsame Bewegungen zustande, seine Glieder waren schwer, wie beim autogenen Training. Jemand strich ihm sanft über die Stirn, hinter der er ein leichtes Ziehen spürte.

»Es ist gleich vorbei«, erkannte er die dunkle Stimme. »Wir müssen schneller sein, als die anderen.«

Paul verstand gar nichts. Wie aus der Ferne drängte sich ihm plötzlich ein Gedanke auf, der immer stärker wurde. »Neurologie der Klinik.« Er wurde heftiger und wuchs ins Unermessliche. »Es ist überlebenswichtig.«

Sie sah erschrocken in seine Augen, deren Ausdruck allmählich etwas Besessenes annahm.

»Verzeihung«, flüsterte sie zärtlich, als die Spritze wieder seine Haut berührte. In wenigen Minuten würde sie den Beweis in der Hand halten.

Zeitgleich hing Patrick mit lauerndem Blick am Monitor. Plötzlich machte der Bildschirmschoner einem vergrößerten Chip Platz, der seine eigenen Gedankensignale wiedergab. Er atmete erleichtert auf: »Na also, Stufe zwei ist angelaufen. Wollen doch mal sehn, ob das Kind mir gehorcht.«

Mit einem Mausklick verschloss er auch die Tür des Labors, während er dachte: »Und das ganz ohne Professor.«

Adrenalin schoss durch seinen Körper, als im Kopf eine fünf auf seinem Schweizer Nummernkonto erschien. Er fühlte dieses unsagbare Stimmungshoch, wie auf einer Woge.

Rasch wählte er die vereinbarte Nummer und sagte ohne einen Gruß mit ausdrucksloser Stimme: »17.00 Uhr, Gate N, die Maschine ist soeben gestartet, Windstärke fünf wird erwartet.« Nur die fünf hatte er besonders betont.

Zufrieden legte der Innenminister am anderen Ende den Hörer auf.

Kurz-Schluss

Die Musik hämmerte in seine Gedanken hart, kalt und laut.

Ben saß im Keller – sein einziges Rückzugsgebiet. An der Tür ein Schild – Grenzgebiet! Sein Geist hatte unbemerkt eine Grenze überschritten. Nur hier lebte er noch wirklich und hier war auch sein Plan gereift.

Aus dem Computerbildschirm brüllte die Band ihre Aggressivität heraus und heizte seine Gedanken an. Gedanken, die seinen kranken Geist fütterten.

Er hasste sie alle, die Schule, die Lehrer, seine Alten, er hasste alle Menschen – ausschließlich. Und er hasste sein Leben, freudlos, abgelehnt und immer wieder verlacht. Von den Alten nur Ermahnungen und Forderungen, die er schon lange nicht mehr erfüllen konnte. Von seinen Kumpeln ausgeschlossen und geschlagen, als stiller Außenseiter verschrien. Dann von seiner Freundin per SMS im Stich gelassen. Das letzte war die Ziege in der Schule: »Du schaffst die Elfte nicht. Deine Noten sind nicht nur in Mathe unzureichend!« Er hatte ihren Blick gesehen und ihn nur mit Hass beantwortet.

In diesem Augenblick brüllte die Band: »Ich bin der Hass« und fraß sich in seine Seele. Er stampfte den Rhythmus und loggte sich ein. Das war seine Seite – eine Verkündung -. Seine Identität gut versteckt. Auf seinen Hass folgte die Rache. Leise war sie hervor gekrochen und ganz allmählich zu einem Riesen gewachsen. Seine Rache hatte erst viele Gesichter und dann nur noch eins. Nur einmal im Leben würde er Aufmerksamkeit erregen, mitten im Winter. Die Kälte passte dazu.

Die Musik dröhnte in seinem Kopf, als er schrieb: »Ich werde es vollenden, mein Werk soll euch Mahnung sein! Damit ihr nie wieder einen Menschen missachtet. Ihr sollt an mich denken in Ewigkeit – ALLE!« Er schrieb seinen Schmerz heraus und seinen Hass.

Wie im Trance stieg er in seine Tarnhose. Die Armykleidung hatte er sorgfältig ausgewählt. Als er das Basecap aufsetzte, grinte er kalt auf die schwarze Sporttasche. Mit der Fernbedienung holte er die volle Lautstärke in die Boxen.

Dann zog er los.

Auf der Straße lagen Blitzeis und Minusgrade. Aber unter seinen Springerstiefeln spürte er sie nicht. Er spürte gar nichts mehr, nur der kranke Hass trieb ihn an.

Niemand bemerkte ihn besonders, als er das Gymnasium betrat. Seine Schritte hallten in leblosen Gängen. Hinter den Türen verhaltene Stimmen. Der Unterricht hatte bereits begonnen.

Als erstes seine Klasse.

Er öffnete die Tür mit gestorbenem Blick, die Waffe im Anschlag. Die freundlichen Augen der Lehrerin von einem Moment zum anderen von der Angst aufgefressen. Ihr Schrei starb unter den Schüssen. Die Schüler waren erstarrt und zu keiner Bewegung mehr fähig.

Er sah ihnen in die Augen, einem nach dem anderen. Und er konnte ihre Angst förmlich riechen.

Dann hielt er rein.

Mädchen kreischten, Tische färbten sich rot. Ein Kopf explodierte. Die Kugeln schlugen überall ein. Fensterglas zersprang und eisige Kälte legte sich über das grausige Geschehen.

Adrenalin schoss durch seinen Körper und lenkte seine Schritte weiter.

Zwei Lehrer waren auf den Flur gelaufen, das blanke Entsetzen im Gesicht. Er sprach kein Wort, als auch sie vor ihm fielen,

die Brust zerfetzt. Und überall Blut.

Er ließ sich nicht aufhalten.

Der Direktor stellte sich ihm in den Weg, seine lautlosen Worte erstarben im Lärm der Kugeln.

Er fühlte nichts, er sah nichts, nur blinde Wut lenkte seine Schritte.

In seinem Kopf lag nur noch eine Spur. Er hielt auf alles, was sich bewegte, bis auch die Geräusche starben.

Als in der Ferne der Klang einer Sirene anschwoll, verband sie sich mit seinem kalten Schrei.

Dann hielt er sich den Lauf der Waffe in den Mund und drückte auf den Abzug...

Der neue Tag erwachte mit einer getöteten Jungfräulichkeit.

In seinem blutigen Morgenrot schwebten Schreie in der Luft.

Das Böse hatte einen Namen. Ben, den niemand wirklich kannte…

Überredet

Susanne schreckte aus dem Schlaf. Was hatte sie da eben geweckt? Es musste irgendein Geräusch gewesen sein. Sie spürte die Angst, die mit dem Schweiß aus ihren Poren kroch.

Dann kamen die Gedanken: Rubin, Diamant, eine Krone..., alles begehrenswerte teure Dinge. Du kannst es schaffen, flüsterte ihr Gedächtnis, du brauchst nur genug Hingabe.

Hingabe, dachte sie an die vergangenen Wochen. Sie hatte fast alles hingegeben, vor allem ihre Zeit. Ihre Freizeit war dahin geschmolzen, wie das Eis nach den ersten Sonnenstrahlen. Sogar die Familie war in den Hintergrund gerückt.

»Du wirst später wieder viel Zeit für sie haben, aber erst, wenn du deine Aufgabe erfüllt hast.« Diese Worte hörte sie jeden Donnerstagabend, aber jetzt fand sie in ihnen keine Beruhigung.

Ein Frösteln kroch über ihre Haut und sie zog die Decke über den Kopf. Sie rollte sich zusammen, damit die Kälte verschwand und fühlte sich wie in einer Höhle, geschützt vor der Welt da draußen.

Drei Leute sollte sie heute wieder überreden.

Nein, das war das falsche Wort, gewinnen, sagte ihr die Stimme. Gewinnen, das hörte sich viel positiver an. Du musst positiv denken!

Aber die Frau gestern hatte sie energisch abgewiesen: Bleib mir fern mit deinem Schneeballsystem! Völlig überteuerte Produkte!

Susanne verkroch sich unter der Decke. Nur ein ungutes Gefühl war geblieben.

Aber auch dafür hatte die Donnerstagssession eine Botschaft. »Ihr seid die Auserwählten und die, die euer Angebot ablehnen, sind zu dumm, es zu verstehen. Sie wollen keinen Weg, um zu Höherem zu gelangen. Sie wollen sich in der heutigen Zeit, wo es an Arbeitsplätzen mangelt, lieber faul ihrem Jammertal ergeben. Aber ihr werdet aus dieser Zeit als Gewinner hervorgehen. Ihr, heute noch Sponsoren, werdet morgen schon Rubine, Diamanten und am Ende sogar Kronenbotschafter.«

Die Worte des Referenten waren viel lauter als ihre Zweifel. Susanne atmete tief ein. Was war daran falsch? Ein Jahreseinkommen von einskommadrei Millionen, aber nur, wenn man sehr, sehr fleißig war. Und sie war bisher fleißig gewesen. Einen Fleiß, den sie an ihrem fliehenden Gewicht sah. Erst hatte sie sich darüber gefreut, aber inzwischen mahnten sie Bekannte: Du siehst krank aus und hast so etwas Gehetztes im Blick, iss mal wieder was oder ist bei euch zu Hause etwas nicht in Ordnung?

Susanne wischte die Bedenken fort. Was wussten die schon. »Wenn du zu den Gewinnern gehören willst, musst du viel tun, viel mehr tun, als alle anderen. Nur dann kannst du alles erreichen.« In ihrem Kopf erschien das maskenhafte Gesicht des Kronenbotschafters, der immer wieder all seine Reichtümer aufzählte. Sein Lächeln schien in die Mimik eingemeißelt, seine Worte wie eine Predigt auswendig gelernt. Der immerwährende Optimismus hämmerte in ihrem Kopf und siegte jeden Donnerstag druckvoll über andere Gedanken. Sie fühlte sich jedes Mal wie geläutert und neu bestärkt in dieser Gemeinschaft.

Sie dachte an ihre Familie.

Lukas hatte gleich Feuer gefangen und inzwischen hatte er sich zu ihrem persönlichen Guru entwickelt. »Ihr müsst zusammenhalten, alles gemeinsam tun, dann werdet ihr euer Ziel erreichen.« Es hatte nicht lange gedauert, bis sie alles für ihren Mann tat, ihn unterstützte und zu ihm aufschaute. Ihre eigenen Interessen der Nichtigkeit geopfert. »Einer muss der Führer sein.« Nur dass sie etwas später gar nicht mehr selbst denken sollte, geschweige denn handeln.

Wieder jagte ein Schauer über ihren Rücken. Sie zog die Decke fester um sich herum.

Sie sah die wachen Augen ihres Sohnes: »Hört sich ganz nach einer Sekte an.« Über seine vierzehnjährige Klugheit war sie damals erschrocken hinweggegangen. Doch nun wunderte sie sich wieder über seine Worte.

Der Zweifel schlich heran und kämpfte gegen übermächtige Worte: »Ihr werdet die Gewinner sein, weil ihr siegt über einen langweiligen Job und über einen unausgefüllten Arbeitstag.« Sie dachte an ihr Büro. Klatsch und Tratsch und Missgunst, jeden Tag. Fünf Weiber in einem Zimmer, das konnte nicht gut gehen. Und Lukas? Abhängig von Kunden, die ihm vielleicht mal einen Auftrag erteilten. Sie hatten das alles so satt. Aber du hast einen Beamtenjob, in diesem Land genau das Richtige. Soziale Absicherung und unkündbar, wie im Sozialismus, ein erstrebenswertes Ziel aller Arbeitnehmer, so die Worte anderer.

Die Grübelei zermarterte ihr Hirn. »Verlasst die alten Wege und wagt einen Neubeginn, mit uns. Wir helfen euch dabei, wenn ihr es wirklich wollt. Freut euch auf den ersten Scheck in eurem Briefkasten. Fünftausend, drei Nullen vor dem Komma und das auf einmal. Dafür lohnte es sich doch etwas mehr zu tun.« Etwas mehr? Sie hatte keine Zeit mehr für sich selbst. Ihr Sohn hatte neulich gefragt, ob es etwas zu essen gibt. Und Lukas, der plötzlich einen Anzug wollte, hatte von ihr gefordert, endlich einen Rock anzuziehen. Und das mitten im Winter. Was war mit ihnen geschehen? Und warum sollte sie mit niemandem, »der nicht dazugehörte« darüber sprechen? Ein wenig zu viel Fragezeichen, dachte sie.

Dabei hatte es ihnen vorher eigentlich an nichts gefehlt. Lukas, mit seiner Selbständigkeit und ihr ansteigendes Beamtengehalt für einen Sechs-Stunden-Job, da sprang jedes Jahr ein Schiffsurlaub heraus. Und genau da hatten sie diesen Mann kennengelernt. Nur ein Gespräch in dieser Umgebung hatte gereicht und sie waren Sponsoren für ein neues Leben.

»Ein paar Jahre und ihr könnt alle Zelte hinter euch abbrechen...« Seitdem wollte Lukas nur noch eines werden – Kronenbaron, der Sieger auf der Leiter der Hierarchie, gehörend zu den Schönen und Reichen. Millionär – das Wort beherrschte nur noch seinen Willen

und bekam eine magische Kraft. Dann erschienen die drei Groß-
buchstaben wie eine schwarze Zauberformel. Ihr neues Geschäft und
nun ihr wichtigstes! Nichtig all die Mahnungen und Bedenken. Die
Mahner waren genauso verständnislos wie ein Kind. Und wenn einer
drohte auszusteigen, dann machte man ihm klar, dass es nie wieder
einen Weg zu ihnen gab. Behandelt wie ein Aussätziger, abgelehnt,
missachtet und ausgestoßen!

Nein, jetzt fror sie unter der warmen Decke. Solche Gedanken hatte
sie sich zu verbieten. Sie waren gemeinsam auf dem Weg nach ganz
oben und das Ergebnis eines Jahres stand in ihrem Keller, ein Lager,
wie in einem Warenhaus.

Wenn du dich nicht so gut fühlst, nimm die Tablette! Die Worte
ihres Mannes erschienen ihr wie ein Befehl mit unerbittlicher Härte
in seinen Augen. Für ihn gab es kein Aber und keine Widerrede mehr.
Er war ein Anzugtyp geworden, ein Guru für andere und für sie. Sie
lief in die Küche und schluckte die Pille, die einem Strohpellet ähnlich
sah. Daneben lag das Strategiepapier ihres Mannes –

»Kronenbaron!« las sie und hörte seine fordernde Stimme. »Ich bin
ein Gewinner und unsere Gemeinschaft gibt dir ein Ziel und nun geh
und gewinne die nächsten Sponsoren.

Sie las die Worte und hatte das Gefühl, als hätte er sie aus der Ferne
bei ihren Zweifeln ertappt. Sie holte tief Luft. Es gab kein zurück mehr,
außer sie … Sie löschte den Gedanken. Als sie den Rock überstreifte,
fühlte sie ihre Bedenken davon fliegen.

Heute sollte sie die Kassiererin im Supermarkt und den Busfah-
rer gewinnen, mit ihrer Ärztin wollte sie auch sprechen. Für jeden
gab es Punkte, die ihr Einkommen vermehren sollte und nur das
zählte noch. Süchtig nach Punkten und die versprochenen Millionen
schwebten in ihrer Atemluft.

Während sie die Tür verschloss, klingelte das Telefon.

Hastig riss sie an der Schnur: »Schatz, hast du schon mit den Leuten gesprochen?« hörte sie die Gurustimme, mir ist noch eingefallen,

dass du den Typ von der Versicherung noch auf deine Liste schreiben kannst.«

»Nein, ja« stammelte sie, »ich bin schon unterwegs.«

»Was? Ich dachte, das wäre bereits erledigt. Was hast du bis jetzt getan?

Ach und übrigens, bereite ein paar Happen vor, ich bringe heute Abend wieder einige Leute mit, die mehr tun wollen als nur bei uns kaufen. Ich habe das ganze Programm vor. Und denk an die Toilette, die war heute früh nicht ganz sauber. Beeile dich und hole die Sachen aus dem Keller, die ganze Palette. Die kannst du so schön wie vorgestern im ganzen Wohnzimmer präsentieren. Aber stell die Vitaminpillen nicht wieder als erstes hin. Die kommen im Programm zuletzt. Sonst denken die noch sonstwas.«

Sie hörte seine Worte wie einen Wasserschwall. »Ach und noch was, sprich nicht wieder dazwischen, wenn ich rede. Das verschreckt die Leute. Ich sage dir dann schon, wenn du etwas beipflichten kannst.« Er redete sie wieder in die Unterwürfigkeit. Ihre Zweifel wurden von seinen Worten weggefegt, wie von einem Sturm.

Leise legte sie den Hörer auf, strich sich über ihren Rock und lief in eine Zukunft ohne Bedenken, aber mit viel, viel Geld – vielleicht...

Hochwasser

Das Wasser kam in der Nacht. Eine fast lautlose Katastrophe. Tage zuvor hatten es die Wetterdienste angekündigt. Aber die Hoffnung war stärker als der Glaube.

Tief in ihrem Innersten hatte sie es jeden Tag abgelehnt, nun war es Wirklichkeit geworden. Sie brauchte nur die Hand auszustrecken, um es zu spüren. Niemand musste sie in den Arm kneifen. Hochwasser.

Marta schaukelte auf dem Bett und spürte die Schwerelosigkeit. Sie war noch nicht bereit, die Augen zu öffnen. Wozu auch, sie konnte noch nicht einmal aufstehen. Von irgendwoher drang ein leises Glucksen zu ihr. Das war das Ende.

Wenn das Wasser weiter stieg, würde sie einfach liegen bleiben. Es würde auf sie zu kriechen und sie geräuschlos verschlucken. Von einer Minute zur anderen, ein ganzes Leben ausgelöscht.

Sie spürte, wie ihr der Atem stockte, wie sie in einen unaufhaltsamen Sog geriet. Als sie den Arm hob, um sich zu wehren, berührte sie die Zimmerdecke. Ihr Leben zählte nur noch wenige Zentimeter.

Sie hörte das anschwellende Rauschen und formte die Lippen zu einem lautlosen Schrei...

»Marta, wach auf, du hast geröchelt, wie eine Ertrinkende«, rüttelte Robert an ihrem Arm.

Regentropfen prasselten an das Fenster und zerliefen zu einem Wasserschleier. Seltsam, jetzt war sie froh, dass er sie so hart angefasst hatte. Sie öffnete die Augen, nur für ein Blinzeln. Das war nicht ihr Schlafzimmer.

Allmählich drang die Wirklichkeit in ihre Gedanken. Am Abend zuvor waren sie fertig geworden. Sie hatten nach den neuesten Meldungen alle Möbel aus dem Erdgeschoß in die Oberetage getragen.

Ungläubig wanderten ihre Augen durch das Zimmer. Es sah aus, wie in einem Lagerraum. Ihr schönes neues Haus, erst vor einem Dreivierteljahr bezogen. Und stündlich stieg der Wasserpegel um sieben Zentimeter.

»Komm, steh auf, ich hab Hunger«, sagte Robert ungehalten und zog ihr die Bettdecke weg. »Das Wasser steht im Flur einen halben Meter hoch und raus können wir sowieso nicht.«

Komisch, sie kam sich vor wie eine Fremde. Steif richtete sie sich auf. Früher hätte sie sich gewünscht, tagelang mit ihm allein zu sein. Aber das war vor achtzehn Jahren.

Während er ihr den Rücken zudrehte, zog sie hastig den XXL- Pullover über. Darin hätte sie zweimal Platz gefunden, aber er war wie ein Versteck für sie.

Durch ihr Gedächtnis flogen die vergangenen Jahre. Wann hatte das angefangen? Stück für Stück hatte seine Geldgier ihre Gefühle aufgefressen. Bis sie nur noch der eine Gedanke beherrschte.

Sie schloss den Knopf ihrer Jeans und schaute aus dem Fenster. Die Straßen waren verschwunden. Sie blickte auf die Häuserzeilen, zwischen denen reißende Wasserläufe unzählige Gegenstände hinweg spülten.

Wieder kroch Angst in ihr hoch. Der letzte Ausweg wäre das Dach des Hauses. Aber was käme danach? Ein Haufen Schulden und kostspielige Erneuerungen, für die kein Geld da war.

Sie schlang ihr Haar zu einem Knoten. Alles erschien ihr fremd.

»Marta, nun komm schon, ich habe Hunger«, funkelte er sie wütend an.

Eine blonde Strähne fiel ihr in die Stirn, als sie ihn mit einem kalten Blick strafte. Seine glänzende Fassade berührte sie schon lange nicht mehr.

»Und wie du wieder aussiehst, diese blöde Frisur und ewig diesen Sack am Körper. Was meinst du, wie lange ein Mann so einen Anblick ertragen kann. Jeden Tag dasselbe Gesicht, widerlich.«

Wortlos stellte sie das Nötigste auf den Tisch. Jeder Satz von ihm tötete eine Empfindung, bis sie nur noch Leere spürte. Eine Leere, die ihren Entschluss verstärkte.

Plötzlich klingelte sein Handy. Wie aus der Ferne hörte sie seine Stimme. »Geht klar, aber du musst mich abholen. Bei uns ist alles abgesichert. Hier würde ich sowieso nur bei meiner langweiligen Frau sitzen.«

Wieder ein Stich. Reglos starrte sie auf ihren Teller, während er seine Papiere in der Lederjacke verschwinden ließ. »Und wenn ich wieder da bin«, zischte er durch makellose Zahnreihen, »hast du was anderes an. Vergiss nicht, ich stehe auf offenes Haar.« Dabei drückte er ihr seine Hand auf die Schulter, dass es sie schmerzte.

Sie hörte die Geräusche eines Motorbootes. Ohne ein weiteres Wort war er verschwunden.

Wie erstarrt saß sie am Tisch und konnte es nicht fassen. Er hatte sie in der Not allein gelassen. Alles hätte sie ertragen, aber dass ihre Ehe nur noch auf dem Papier zählte, damit konnte sie nicht leben. Das war schlimmer als die Flutkatastrophe. Tränen brannten auf ihren Wangen und verstärkten den Verlust. Sie war unendlich allein.

Wie im Trance suchte sie die Kiste mit den Schriftstücken. Zeugnisse, Rechnungen, Ordner mit Bauunterlagen und Fotos von glücklicheren Zeiten.

Ihr Blick blieb an einem Foto von den Kanarischen Inseln hängen. Damals hatte sie sich ein Kind gewünscht. Aber er hatte sich durchgesetzt, erst ein eigenes Haus, hatte er bestimmt. Sie konnte sich im Lächeln der Frau nicht wiederfinden.

Und er, wie auf seinen Modellfotos. Überall hatte er sie aufgehängt. Und mit jedem Nagel war sie selbst kleiner geworden, geschlagen in die Bedeutungslosigkeit.

Sie wurde von dumpfen Stößen aufgeschreckt und lief zum Fenster. Was da gegen die Häuserwände schlug, sah aus wie ein Dach. Und der Wasserpegel war weiter gestiegen. Das konnte sie am Haus gegenüber sehen. Bedrohlich züngelten Wasserfetzen unter dem Fenstersims. Das Rauschen überschwemmte sie mit einer neuen Welle der Angst.

Sollte sie es doch lieber lassen? Nein, es würde sich nichts mehr ändern. Dies war eine Gelegenheit und die war äußerst günstig. Und sie hatte es tausendmal durchdacht.

Unter den alten Dokumenten vergraben, fand sie die Geldscheine. Immer, wenn er ihr weh getan hatte, nahm sie unbemerkt einen Hunderter. Über die Jahre war da ein üppiges Trostpflaster angewachsen, trauriges Zeugnis tausender Verletzungen. Und sie hatte gedacht, es mache sie glücklicher. Ihre Geburtsurkunde löste sie allmählich in ein Puzzle auf. Die Nummer der Krankenkasse zerlegt in dünne Streifen, der Ausweis zerfiel in ein zerrissenes Gesicht.

Sie lächelte auf die Fetzen, zerrissen wie sie selbst und überließ die Schnipsel dem Sog des Wassers. Bis es nichts mehr mit ihrem Namen gab.

Die Geldscheine verschloss sie in einer wasserdichten Blechkiste.

Sie öffnete das Fenster und sprang. Ihr Schrei verschmolz mit den Stimmen der Wassermassen...

Als sein Handy klingelte, erkannte Robert die aufgeregte Stimme seines Nachbarn. »Deine Frau.« Er hörte einen tiefen Atemzug. »Deine Frau ... ist verunglückt.«

»Irrtum«, entgegnete er und verschloss die Tür seines Wagens. »Sie ist zu Hause, war vor einigen Stunden noch bei ihr.« »Doch, hör zu, das Wasser ist weiter gestiegen. Von gegenüber haben die Leute gesehen, wie sie von den Massen mitgerissen wurde.«

Robert lief gemächlich auf das Versorgungsboot zu. Das Wasser fraß sich auf die ansteigende Straße wie an einem Badestrand. »Ich fahre jetzt nach Hause.«

Er klappte sein Handy zu. Wer weiß, wen der gesehen hatte. Allen lagen die Nerven blank. Bei diesen Zuständen würde sie niemals das Haus verlassen. Sie hatte vor reißendem Wasser viel zu viel Angst, dachte er ungehalten. Ehe man einem solche Nachrichten überbringt, sollte man dreimal überlegen.« Er spürte seine ärgerliche Laune.

Rasch stieg er die wenigen noch sichtbaren Stufen seines Hauses hinauf. Als er ihren Namen rief, schlug ihm eine seltsame Kälte entgegen. Das Fenster bewegte sich im Spiel des Windes. Marta war nicht da.

Sein Blick wanderte über die Kiste mit den Dokumenten. Die hatten sie gestern zuerst in Sicherheit gebracht. Daneben lag ein Foto. Seine eigene Erscheinung schmeichelte ihm. Aber auch sie war mal eine attraktive Frau, dachte er, während er es aufhob. Den Riss hatte er nicht gleich bemerkt. Er hielt nur sein Abbild in der Hand. Als seine Finger über das Foto glitten, spürte er die Erhebungen.

Er kniete sich auf den Boden und fügte das Bild zusammen. Wieder spürte er Schriftzeichen. Über die Rückseite hatte seine Frau geschrieben: »Du warst NUR eine Illusion...«

Als Robert die Worte las, kroch Wut in ihm hoch. Deshalb war sie heute früh so abwesend. Und ihm fiel jetzt auf, dass sie nicht ein einziges Wort gesprochen hatte. Was sollte der Blödsinn. Vielleicht wollte sie ihm einen Denkzettel verpassen und war bei ihrer Freundin oder bei ihrer Mutter. Dann würden alle denken, dass bei ihnen etwas nicht stimmte. Und das ging seiner Ansicht niemanden etwas an.

»Blöde Kuh«, fluchte er vor sich hin, während er seine Wut kaum noch beherrschen konnte. Von draußen hörte er den Nachbarn seinen Namen rufen.

Er lief ans Fenster und drückte die Taste mit der Rufnummer von Martas Freundin.

»Deine Frau, nein, wieso, habt ihr euch wieder gestritten?« hörte er sie fragen.

»Schon gut«, beendete er das Gespräch und dachte, die blöde Ziege ist also auch bestens informiert.

»Robert, wir haben deine Frau noch nicht gefunden«, rief die aufgeregte Stimme über die rauschenden Wassermassen.

»Ihr braucht sie nicht zu suchen. Die ist bestimmt bei ihrer Mutter«, schrie er zurück und dachte, neugieriges Arschloch, hängt immer am Fenster und mischt sich überall ein.«

Er drückte wieder auf die Handytaste.

»Was hast du mit Marta gemacht?« antwortete ihre Mutter barsch auf seine Frage.

Er schaltete ihre Stimme aus. Jeder wusste also über sie Bescheid. Seine Rage steigerte sich zu bedrohlicher Kraft. »Auf das Nachspiel kann sie sich freuen«, höhnte er in Gedanken.

Er riss ihre Kleidungsstücke aus der Kiste, aber nichts fehlte. Die Kneipe bot heute auch keinen Ausweg. Alle Geschäfte standen unter Wasser.

Während er den Weinbrand gleich aus der Flasche nahm, beschloss er noch abzuwarten.

Er schaltete die Nachrichten ein. Der Wasserpegel verharrte vorerst im Stillstand, wie ein lauerndes Tier, das zum nächsten Sprung ansetzt. Nur für ein winziges Aufatmen. Schluck für Schluck wurde er ruhiger und überdachte seine Lage.

Wenn sie wirklich nicht mehr da wäre, würde er ganz schön in der Kreide sitzen. Sie war zwar nur eine Sekretärin, aber immerhin mit einem Beamtenstatus. Der sicherte ihnen eine feste Einnahmequelle. Auch deshalb hatte sie das Haus damals auf ihren Namen eingetragen. Neben den Schulden für die Firma hätte er jetzt auch noch die Rate für das Haus am Hals. Der Fünfhunderter, jeden Monat eine Leasingrate und sein Architekturbüro, mit einem ausgereizten Dispo-Kredit. Dazu keine Aufträge wegen des Hochwassers. Jeden Monat die Forderungen von den Banken, jeden Monat aufs Neue, gnadenlos. Inzwischen dämmerte es.

Er drückte auf die Handytaste: »Du musst mich zur Polizei fahren. Marta ist verschwunden. Nein, keine weitere Fragerei.«

»Und seit wann ist Ihre Frau verschwunden?« gähnte der beleibte Beamte, als wäre das etwas Alltägliches.

»Heute früh habe ich sie das letzte Mal gesehen«, antwortete Robert wortkarg.

»Nicht, wann Sie sie gesehen haben, sondern seit wann sie verschwunden ist«, fragte der Beamte belehrend und hob mühsam die Augenbrauen.

»Das weiß ich doch nicht«, wurde Robert wütend und etwas lauter, »Der Nachbar hat behauptet, sie wäre verunglückt.« Er ließ seine Knöchel knacken.

Der Beamte erwachte. »Also, was ist sie nun, verschwunden oder verunglückt?«

Er trommelte gleichmäßig mit dem Stift auf seinen Schreibtisch. »Haben Sie schon mal in den umliegenden Krankenhäusern nachgefragt? Uns wurden heute bereits zwei Kinder gemeldet, die ins Wasser gefallen waren. In der Strömung kann sich keiner halten. Und bei dem Durcheinander hier hilft es manchmal schon abzuwarten.«

Er kritzelte Namen und Adresse auf das Papier und hatte damit den Vorgang aufgenommen.

Zwei Tage später, das Wasser hielt sich hartnäckig, hatte Robert alle Möglichkeiten abgefragt. Marta blieb verschwunden. Widerwillig hatte er auch in ihrem Amt nachgefragt, doch die wussten nicht mehr als er selbst. Die Nächte hatte er unruhig geschlafen, aber mehr, weil er nicht wusste, wie es weitergehen sollte. Im Stillen hatte er gehofft, sie würde zur Vernunft kommen und plötzlich wieder auftauchen. Seine Stimmung wechselte zwischen Wut und Starrsinnigkeit. Inzwischen ließ er keine Nachrichtensendung aus.

Als er am dritten Tag den Fernseher einschaltete, fuhr ihm die Nachricht wie ein Blitz in die Glieder: »Junge Frau ertrunken aufgefunden. Wasserpegel sinkt stündlich um zwei Zentimeter.« Den Rest hörte er nicht mehr.

Er bestellte das Versorgungsboot und ließ sich an den Unglücksort fahren.

»Die Frau, wie sagten Sie, war ihr Name? Nein, an den kann ich mich nicht erinnern. Aber sie ist bereits ins Krankenhaus gebracht worden.«

In der Notaufnahme antwortete ihm eine gestresste Krankenschwester unfreundlich: »Ihre Mutter, eine Etage tiefer.«

»Wieso meine Mutter?« fragte Robert aufgeregt.

Verlegen sah sie ihn an und biss sich auf die Lippe: »Ich meine nur, eine Etage tiefer.«

Der Arzt stand noch an der Trage, als Robert abgehetzt das weiße Tuch wahrnahm.

»Es tut mir leid, wir konnten nichts mehr für sie tun.«

Der kalte Zipfel des Tuches stach in seine Hand. Die Farbe wich aus seinem Gesicht, sein Herz pochte in den Schläfen. Eine kastanienbraune Haarsträhne fiel auf das Laken, so dass ihn der Schreck lähmte.

Er ließ das Tuch fallen. »Das ist nicht meine Frau.«

Als er vor seinem Haus stand, war ihm vor Hunger übel. Er konnte bereits einen provisorischen Steg benutzen. Das Wasser zog sich weiter zurück.

Ein Schatten fiel von seiner Tür auf die Stufen. Marta, kam es ihm in den Sinn und ein Anflug von ärgerlicher Erleichterung machte sich bemerkbar.

»Kripo Mühlleit«, löste sich ein betagter Mann aus dem Schatten. »Uns wurde das Verschwinden Ihrer Frau gemeldet. Können Sie uns dazu einige Fragen beantworten?«

Er machte Robert Platz, der auf einen weiteren Kripobeamten stieß.

»Ich weiß nicht, was das bringen soll, kann mir nicht mal selbst die Fragen beantworten.«

Der Beamte überging seine Worte freundlich.

»Hätten Sie vielleicht ein Bild von ihrer Frau, für die Fahndung?«

»Ja, zufällig. Ist alles noch in Kisten verpackt.«

Er gab ihnen das zerrissene Foto.

Die Blicke der Beamten trafen sich vielsagend.

»Ja, ja, das hat sie gemacht. Kommt wohl in jeder Familie mal vor« wiegelte Robert betreten ab.

Der Beamte nahm den anderen Teil des Fotos und setzte es zusammen. »Hört sich an, wie letzte Worte«, grinste er auf den Text. »Schildern Sie uns doch einmal ganz genau, was Sie am Tage ihres Verschwindens gemacht haben.«

Robert fühlte, wie sie ihn in die Täterecke fragten. Er spulte den Tagesablauf herunter, wie er es gedanklich schon hundert Mal getan hatte.

»Und was hat Ihre Frau mitgenommen?«

»Mitgenommen?« fragte Robert erstaunt, nichts, es ist alles noch hier.« Er überließ den Beamten ihre Handtasche.

»Wo ist ihr Ausweis oder ein Führerschein, hat sie noch einen anderen Platz dafür?« Sie schütteten den spärlichen Inhalt auf den Tisch, nur einige Kosmetikartikel.

Robert wies auf die Kiste. »Dort müssten alle Dokumente drin sein. Wir haben sie am Tag des steigenden Wasserpegels sicherheitshalber zuerst hier hoch geschafft.«

Er wühlte in der Kiste und fand nicht ein einziges Schriftstück mit ihrem Namen. Nicht einmal ihre Zeugnisse, keine Unterlagen über ihre Krankenversicherung, keinen Ausweis, keine Kreditkarten, nichts. Nur ein paar Kleidungsstücke ließen noch eine Frau erahnen. Schweißperlen bildeten sich auf seiner Nase, während ihn die Beamtenblicke fesselten.

»Wir müssen Sie mitnehmen. Verdacht auf Fluchtgefahr.«

Das Wasser war verschwunden. Schlamm und Unrat hatten sich bis in die kleinsten Hauswinkel ausgebreitet und beherrschten den Willen der Menschen. Der Wettergott stand wieder auf ihrer Seite und die Sonne belächelte kalt die Verluste, die nun finanziell bewertet wurden.

Allmählich trat erneuernder Alltag ein.

Spendenaktionen fanden vorerst auf dem Papier statt, bisheriges Leben wurde überdacht und Neubeginn berechnet. Vermisste waren wieder aufgetaucht oder in Krankenhäusern gefunden worden.

Robert wurde nach eingehender Untersuchung seines Alibis freigelassen. Aber er durfte vorerst seinen Wohnort nicht verlassen.

Von Marta gab es immer noch keine Spur und inzwischen fehlte sie ihm auch. Er hätte nicht gedacht, dass ihn der Verlust so treffen würde. Und die ersten Tage hatte er es auch kaum gespürt. Auch beim Aufräumen des Hauses hatte er nichts von Marta gefunden. Nur ihre Kleidungsstücke belebten wieder den begehbaren Schrank.

Robert musste raus. Er nahm seinen Wagenschlüssel, er würde einfach nur umherfahren. Die Sonne blitzte einen blendenden Stern an seinen Mercedes.

Als er grübelnd auf die Straße lief, stolperte er fast über den kleinen Jungen. Der war völlig versunken mit einem Puzzle beschäftigt. Plötzlich erschien aus dem Staub ein Gesicht – Marta.

Drei Wochen später erhielt Robert einen Brief von seiner Bank. Die Kreditsumme zeigte eine Null.

Keine Schulden mehr, das Haus gehörte ihm. Hier musste ein Irrtum vorliegen. Wieder und wieder sah er auf die Null, die sich nicht veränderte. Sollte er die Bank befragen oder sollte er es einfach hinnehmen?

»Der Abschluss gilt als anerkannt, wenn Sie nicht innerhalb von sechs Wochen Einspruch einlegen«, fiel ihm der Satz auf seinen Kontoauszügen ein.

Als es klingelte, fuhr er zusammen.

»Guten Tag, schön, dass einer da ist, dann können Sie uns gleich mal das Haus zeigen.«

Robert blinzelte in ein bärtiges Gesicht, neben ihm eine dürre Frau.

»Wieso sollte ich Ihnen mein Haus zeigen?«

Der Mann ließ sich nicht beirren. »Weil es jetzt mein Haus ist, gekauft vor drei Tagen von einer jungen Frau.«

Robert erstarrte.

»Eine junge Frau, wie hieß die denn?«

Der Mann fasste sich grübelnd an den Bart.

»Ich glaube, sowas wie: Mar...tina...?«

Gefangen

Den ganzen Tag hatten sich Lauras Gedanken nur um das eine gedreht. Gleich nachdem sie aufgewacht war, waren sie hervor gekrochen und hatten ihre Gefühle belebt. Und obwohl sie versuchte, ihre Bedrohlichkeit zu löschen, waren sie mit aller Macht über sie hergefallen. Wie ein Krake, der seine Fangarme ausbreitet. Der eine Gedanke fraß ihr Gehirn bis nur noch Qual übrigblieb. Eine Qual, die sie stundenlang an den Sessel fesselte und schmerzte. Und immer wieder kam der Schmerz mit denselben Bildern. Sie liebte ihn einfach zu sehr.

Laura verharrte zusammengekrümmt und starrte auf das Fernsehbild. Sie hatte gehofft, dass die Bilder sie ablenken würden. Aber sie sah sie nicht wirklich.

Wieder hämmerte der Gedanke: »Er ist bei ihr, einfach in der Firma. Jeden Tag sieht er sie und bis zum Abend sitzt er mit ihr allein in einem Büro.«

Mit der Angst kamen die Bilder. Schreckliche Bilder. Wie lange würde es noch dauern und er würde ihr mitteilen, was sie schon längst ahnte.

Sie hatte damals diesen Blick von ihm gesehen. Es war wie ein Blitz, der sie durchzuckte. Aber von da an hatte sie dieses Gefühl, um ihn kämpfen zu müssen. Und von da an fühlte sie sich lieblos, wertlos, ohne Schutz und Hilfe.

Ein Schauer lief über ihre Haut. Sie war allein mit dem Gedanken, der inzwischen zu einem Riesen wuchs und all ihre Lebensfasern beherrschte, als ob eine fremde Macht ihren Willen lenkte.

Als der Sender sich mit dieser Schicksalsmelodie verabschiedete, war ihr, als würde sie in einem Meer Melancholie ertrinken.

Sie drückte auf die Fernbedienung, aber der Schmerz blieb und tanzte mit der Melodie einen Reigen.

Sie löste sich aus der Erstarrung. Ihre Glieder waren eingeschlafen.

Hilfe, dachte sie, ich brauche Hilfe.

Und während mit tausend Nadelstichen wieder Leben in ihre Beine kam, fielen ihr die Tabletten ein. Zwei Faustan müssten reichen. Vielleicht würden sie die schrecklichen Gedanken besiegen und vielleicht könnte sie sogar schlafen.

Mühsam erreichte sie das Badezimmer.

Während sie auf die Wirkung wartete, wühlte der Schmerz weiter. Er bohrte sich in ihr Gehirn und drängte sich in den Vordergrund. Die Gedanken wurden lauter und die Bilder heftiger.

Sie schaute in den Spiegel. Es dauerte eine Weile bis das Spiegelbild für einen Moment die Angst besiegte. Das Gesicht, von Qualen zerrissen. Aus ihm blickten stumpfe Augen ohne Hoffnung.

In leisen Wogen kamen die bedrohlichen Gedanken wieder und ließen von ihrem Spiegelbild nur noch Fetzen zurück. Und während sie auf die Wirkung der Pillen wartete, tobten sie in ihrem Kopf und kämpften gegen ihren Willen. Heftiger und heftiger.

Nach über einer Stunde spürte sie noch immer keine Ruhe. Es war als spielte ihr Kopf verrückt, wie eine durchgeknallte Glühbirne. Die Bilder blieben und hielten sie gefangen. Sie suchte krampfhaft einen Ausweg.

Vielleicht wären Schlaftabletten besser gewesen, dachte sie, nur einmal alles vergessen. Sie wühlte sich durch die Pillen, aber Schlaftabletten waren nicht dabei.

Da sah sie diese winzige Blüte. Das ist vielleicht die Rettung, hämmerte es in ihrem Hirn. Aber was hatte der Typ in dem dunklen Hausflur gesagt? Sie kramte angestrengt in ihrem Gedächtnis. Aufbrühen, wie einen Teebeutel, ziehen lassen und dann Schluck für Schluck trinken. Dann wirst du die Wirkung spüren. Als er das Geld hatte, war er so schnell verschwunden, dass sie sich nicht einmal an sein Gesicht erinnern konnte.

Das heiße Wasser plätscherte auf die Blüte. Sie schaute auf die Uhr. Zehn Minuten, weitere zehn Minuten Höllenqualen, die ihre Sinne fraßen.

Als Lauras Blick auf das Telefon fiel, erschien es ihr wie ein Ausweg. Anrufen, ich muss ihn anrufen, dachte sie und erinnerte sich, dass er ihr am Morgen gesagt hatte, er werde sich melden. Aber sie musste unbedingt in diesem Augenblick seine Stimme hören, wollte hören, dass er in IHREM Büro sagte, dass er sie liebe und nur sie.

Mit zitternden Händen wählte sie die Nummer. Eine fremde Stimme meldete sich mit dem Firmennamen.

Verwirrt legte Laura wieder auf.

Inzwischen zog ein eigenartiger Duft durch das Zimmer. Der Tee, dachte sie, er wird die fürchterlichen Bilder wegschwemmen. Sie kauerte sich in den Sessel, klammerte sich an die heiße Tasse und trank schluckweise die blassgrüne Flüssigkeit. Doch die Gedanken ließen sie nicht los, sie schienen sich noch zu verstärken.

Nach zwei Stunden, in denen der Schmerz in ihrem Kopf wild gewuchert hatte, spürte sie noch immer keine Wirkung.

Sie schaute auf den Tassengrund. Da lag die Blüte. Das Wasser hatte ihre Schönheit wieder zum Leben erweckt. Sie lag da, wie eine Verführung.

Laura hob sie auf einen Löffel. Ich muss sie essen, dachte sie, sie wird die quälenden Gedanken ganz bestimmt besiegen. Ich muss es versuchen, es gibt keinen anderen Ausweg.

Sie legte die Blüte auf die Zunge. Ein Hauch von Bitterkeit breitete sich aus. Vorsichtig begann sie sie zu zerkauen. Der bittere Geschmack verstärkte sich, so als hätte sie eine Schmerzpille gelutscht. Sie schüttelte sich und würgte. Dann kaute sie lange auf den Resten herum.

Nach wenigen Minuten kam die erste Welle wie eine heiße Flut durch ihren Körper. Sie schwemmte alle Verkrampfungen fort, nur die Gedanken tobten weiter. Er wird dich verlassen, hämmerten sie in ihrem Kopf und fraßen ihre Seele. Dazwischen drängte sich Durst. Durst und Müdigkeit. Unendliche Müdigkeit. Aber der Schrei ihrer Seele war stärker.

Sie taumelte ins Badezimmer. Mit gierigen Schlucken trank sie das Wasser.

Plötzlich hielt das Rasiermesser ihre erweiterten Pupillen gefangen. Als die Wärme ihren Körper verließ, klingelte das Telefon....

Auftragsmord

»Ich nehme dein Angebot an, du musst sofort kommen«, keuchte Linda atemlos ins Telefon, »sie ist wieder hier und ich weiß nicht, wie lange ich das noch durchhalte.«

Die Angst jagte ihr über den Rücken und trieb kalten Schweiß auf ihre Stirn. Mit feuchten Händen klammerte sie sich an den Hörer, als könnte er ihr irgendeinen Halt bieten.

Am anderen Ende war es still.

»Hörst du, du musst dich beeilen«, flehte sie fast flüsternd und presste einen blutunterlaufenen Abdruck an ihre Wange.

Wirr geisterten ihre Blicke durch den Raum. Ihr ganzer Körper war erstarrt, seit sie sie gesehen hatte. Wie ein Blitz zuckte es durch ihre Glieder und lähmte ihre Gedanken. So wie es Tiere taten, die ihren Gegner fressen wollten.

»OK«, hörte sie ihn tief einatmen. Gleich darauf ein Klicken. Stille, unendliche Stille.

Sie starrte auf die türlose Öffnung. Erst vor drei Wochen hatte sie die Tür entfernt, damit der Wohnraum mehr Weite atmete. Damals dachte sie nicht daran, dass sie wieder auftauchen könnte. Jetzt wünschte sie sich, sie könne zaubern. Doch selbst an einem anderen Ort würde sie wieder erscheinen. Ein Zittern lief durch ihren Körper und verschmolz schmerzhaft mit dem gleichmäßigen Ticken der Uhr. Es würde nicht mehr lange dauern und sie wäre ihr hilflos ausgeliefert.

»Bitte, bitte, komm schnell«, wimmerte sie leise in den rauschenden Hörer.

Ohne ihren Blick von der Tür zu lösen, kroch sie auf den Sessel zu. Eine neue Welle der Angst drohte über ihr zusammen zu schlagen. Sie konnte sich nicht mehr bewegen und sie war zu keinem anderen Gedanken mehr fähig. Zusammengerollt wie ein Igel blieben ihre

Augen Grauen verhangen starr. Sie ließ die Tür nicht aus den Augen. Gleich würde sie kommen und dann wäre alles zu spät.

Warum kann ich nicht aus diesem bösen Traum erwachen, dachte sie, so wie früher. Die tröstenden Worte der Mutter hatten sie schützend zugedeckt und lösten ihre Ängstlichkeit. Aber sie war nicht mehr bei ihr. Und selbst als Schutzengel spürte sie sie heute nicht. Nicht in diesem Moment.

Sie lauschte in die Stille, nur das Ticken der Uhr. Kein anderes Geräusch ließ eine Bewegung vermuten.

Warum ist er noch nicht hier? dachte sie, während ihre Augen zu den Zeigern wanderten. Nur drei Minuten waren inzwischen vergangen, Minuten in die Ewigkeit der Angst.

Wieder starrte sie auf die Türöffnung. Die Gedanken lähmten ihren Körper und zwangen ihr diese Visionen auf. Es kam über sie wie eine Welle, die sie umschloss und herab zog. Sie ahnte, dass sie diesem Sog nicht mehr entrinnen konnte. Zu sehr fraßen die Visionen ihre Wirklichkeit und blieben als wirre Angst zurück. Sie fühlte nichts mehr. Alle Empfindungen waren ausgelöscht.

Draußen quietschte eine Straßenbahn in den Schienen, ein Auto hupte, Kindergeschrei hing in der Luft, all diese Geräusche verschmolzen wie durch einen Schleier zur Stimme der Angst. Sie konnte nicht mehr entrinnen. In den Flur führte jedes Zimmer. Würde sie ihn betreten, wäre es zu spät. Sie wäre da und allein der Gedanke ließ sie erzittern.

Vorsichtig zog sie eine Decke vom Sofa und wünschte sich unsichtbar zu sein.

Plötzlich klingelte es. Sie erstarrte.

»Ich kann nicht, ich kann die Tür nicht öffnen«, wimmerte sie und zog die Decke fester um sich. Wieder die Klingel.

»Linda, mach auf«, hörte sie Benny rufen. Er trommelte an die Tür. Der gleichmäßige Rhythmus wurde für sie zu einem Countdown.

Sie konnte nicht aus der Lähmung erwachen und starrte noch immer auf den Türrahmen. Gleich würde sie näher kommen, aufgeschreckt durch den Lärm.

Sie hörte das Ächzen des Holzes, ein Zittern lief durch ihren Körper. Krachend schlug die Tür auf. Mit einem raschen Blick auf sie verschwand er im anderen Zimmer. Dann hörte sie nur noch Geräusche eines Kampfes. Keuchen, ein heftiger Schlag, dann Stille. Es war vorbei.

»Sie ist tot«, grinste er, »Du kannst dich aus deiner Festung lösen. Und jetzt die versprochene Belohnung.« Er sah Lindas Augen und die Ironie wich aus seinem Gesicht.

»Willst du sie sehen?«

Sie brachte kein Wort heraus und schüttelte so heftig den Kopf, dass der Sessel wankte.

Er spürte ihre Hilflosigkeit. »Nun mach mal nen Punkt. Das war nur eine Spinne. Zugegeben, sie war außergewöhnlich groß. Aber deshalb stirbt man doch nicht gleich vor Angst.«

Die Kälte in seinen Worten traf sie wie ein scharfer Wind. Sie war noch nicht fähig, klar zu denken.

Mit einem Lächeln, in dem erregende Erwartung stand, kam er auf sie zu. »Und jetzt die Belohnung.«

Seine fordernden Worte drangen wie aus der Ferne zu ihr. Sie rührte sich nicht, als er ihre Decke fortziehen wollte. Lauernd krallte sie sich an ihr fest. Sein aufgeregter Atem berührte ihr Gesicht.

Plötzlich bekam ihr starrer Blick etwas katzenhaft Jagendes. Seine Berührung stach sie mitten ins Herz. Blitzschnell richtete sie sich auf.

Nur ein einziger Hieb löste all die Erniedrigungen der vergangenen Jahre, all ihre Qualen und ihre Unterwürfigkeit...

Skrupellos – nach einer wahren Begebenheit

I

Ich schreckte lautlos aus dem Schlaf und wusste, dass heute eine Entscheidung fällig war. Hatte meine Tochter schon nicht auf meinen Rat gehört, so würde ich sie wenigstens begleiten, wenigstens das. Wieder beschlich mich dieses ungute Gefühl, eine Mischung aus Angst und körperlichem Unwohlsein. Und die appellierte an den mütterlichen Instinkt, mein Kind stets zu beschützen.

Wir leben in einer kalten Welt, in der das Handeln der Menschen über das Schüren von Ängsten beherrscht wird. Tagtäglich werden ihnen Meldungen vermittelt, hinter denen nicht nur riesige Versicherungsgesellschaften mit der angeblich perfekten Lösung lauern. Aber wie sollte ich mein Kind beschützen, wenn es nicht mehr bei mir wohnte. Meine Tochter führte inzwischen ihr eigenes Leben und traf täglich ihre eigenen Entscheidungen – ohne mich zu fragen.

Während ich ein paar Kleidungsstücke in einer Reisetasche verstaute, gelang es mir kaum, mich darauf zu konzentrieren. Immer wieder drängte sich die Stimme meiner Tochter dazwischen: »Krebs, Stufe vier, ich muss sofort zur Operation.« So laut, wie mich ihre Worte erschreckten, meldeten sich auch meine Schutzgeister. Irgendwie konnte ich es einfach nicht glauben. Vielleicht ist es ein Schutzmechanismus des eigenen Körpers, der die aufkeimende Angst erst einmal im Zaum hält. »Eine zweite Meinung einholen«, hörte ich mich selbst. Ich redete gegen die Entscheidung eines Arztes, der im Verständnis meiner Tochter bereits ganze Arbeit geleistet hatte. Und ich merkte, meine Tochter hörte mich nicht mehr.

»Mama, Mama, du bist kein Arzt und ich habe keine Zeit mehr«, bettelte sie um mein Verständnis, als bettele sie um ihr Leben.

Tränen wollten sich einen Weg bahnen, aber ich kämpfte auch gegen sie mit derselben Härte wie gegen diese unheilvolle Nachricht.

Die Bilder einer Fernsehsendung schlichen sich in mein Gedächtnis. Eine Mutter erzählte mit tränenerstickter Stimme etwas von einer verhängnisvollen Fehldiagnose. Letztlich hatte sie den Überlebenskampf mit ihrem Kind gegen die Ärzte verloren und nur, weil ein Arzt behauptet hatte: »Das müsse jetzt mal gemacht werden.« Seitdem kämpfte sie aussichtslos gegen die ärztliche Fehlentscheidung und ihre eigene Unterschrift. Und das nun schon seit Jahren.

Ich hatte den Eindruck, dass diese Zeitschinderei im Einklang mit den heilenden Wunden dann alles nicht mehr so schlimm erscheinen lassen sollte. Wieder ein Sieg für die Macht, die in diesem Fall einen Titel und einen weißen Kittel trug. Weiß steht auch für Unschuld!

Auf keinen Fall durfte ich so etwas zulassen. Als die Tasche gepackt war, meldeten sich wieder meine Rückenschmerzen. Irgendwie war ich sie nach einer Gürtelrose nicht mehr los geworden. Ich hängte meine Beine über eine Sessellehne und wartete auf Linderung, während meine Gedanken wieder und wieder zu meiner Tochter wanderten. Dann gab ich es auf. Die Unruhe war vom Kopf in den Körper gekrochen und beherrschte meinen Willen.

Als ich endlich bei meiner Tochter ankam, hatte ich die Rückenschmerzen vorerst vergessen. Ich schaute sie eine Spur zu lange an. Sie war so zart, so jung und so schön mit ihrer braunen Haut und dem langen schwarzen Haar. Ich fühlte, daß sie meinen Blick verstand, aber ich wollte sie auf keinen Fall beunruhigen. Es war eine tiefe seelische Verbundenheit. Zwischen uns gab es keine Missverständnisse. Ich verbot mir die Bedrücktheit. Die Operation würde erst morgen stattfinden. Heute war ein anderer Tag und den würde ich mit meiner Tochter verbringen. In ihrer Wohnung hatte ich mich schon immer wohl gefühlt. Die modernen Möbel atmeten geschmackvolle Zweckmäßigkeit, eingerahmt in warme Farben. Meine Tochter hatte schon als kleines Kind einen Hang zur Malerei und sie liebte Veränderungen.

Gemeinsam verbrachten wir einen schönen Tag, den ihr Lachen beherrschte. Nach einer unruhigen Nacht, die mich auch an meinen Rücken erinnerte, standen wir kurz nach sechs Uhr frierend an der Haltestelle. Mein Magen krampfte sich zusammen, während meine Tochter so tat, als fahre sie wie immer nur zur Arbeit. Ich bewunderte ihren Mut und ihre Stärke und konnte selbst vor Angst kaum noch einen klaren Gedanken fassen.

In der Arztpraxis warteten bereits fünf junge Frauen verängstigt auf einen ähnlichen Eingriff. Gebährmutterhalskrebs! Das Wort hing wie ein Urteil über den Frauen und stieß an einen ganz normalen Arbeitstag des Arztes, der sich lachend auf die vorangehende Visite vorbereitete. Wenigstens hat er graue Schläfen, dachte ich, als ich meine Tochter freigeben sollte.

Einen Moment noch. War er sich darüber bewusst, dass ich ihm damit die Verantwortung für ein Menschenleben in die Hand gab? Woher sollte ich das Vertrauen zu ihm nehmen. Ich kannte ihn ja nicht einmal. Das hier war mein Kind. Ich hatte ihm einst das Leben geschenkt. Es bedeutete meine Unsterblichkeit. War er sich in diesem Augenblick dessen bewusst?

Plötzlich liefen mir Tränen über die Wangen – Tränen der Hilflosigkeit. Und meine Tochter drückte mich an sich und spendete mir Trost.

Dann verschwand sie hinter gepolsterten Türen.

Während ich mich bemühte, die Fassung wieder zu erlangen, suchte ich vergeblich nach einer Sitzhaltung, die den Rücken entlastet. Der Warteraum gehörte nun mir allein, nur der Widerhall eiliger Schritte erreichte mich aus der Ferne. Angst kroch durch meinen Körper. Ich versuchte, mich auf die Geschichte eines Buches zu konzentrieren, aber die Buchstaben verliefen zu einem mechanischen Band vor meinen Augen. Ich begann von Neuem zu lesen, wieder verlor ich jeglichen Inhalt. Mit der Angst kroch die Kälte heran und das Licht wurde zu grell. Sie fraß an mir und hinterließ ein machtloses Wesen, leer, hilflos und allein. Ich kämpfte gegen meine eigenen Gedanken, als mit einem Knall eine Tür aufgestoßen wurde. Augenblicklich erwachte meine Aufmerksamkeit.

Drei Schwestern liefen mit hastigen Schritten in den Warteraum. Ihre Stimmen flogen aufgeregt durcheinander: »Stell dir mal vor, was der Arzt eben gesagt hat.« Eine stemmte entrüstet die Hände in die Hüften und legte die Stirn in Falten. »Was denn?« fragte die andere und streifte sich die Gummihandschuhe herunter. »Ich fasse es nicht.« Sie schüttelte ungläubig den Kopf und hob die Stimme: »Er hat gesagt, es ist mir scheißegal, ob die Diagnose falsch war. Ich ziehe die Operation jetzt durch, die bringt mir sechshundert Euro. Halten Sie den Mund!« Stell dir das mal vor und dann hat er der jungen Frau seelenruhig die Narkose in die Blutbahn gejagt. Und das, obwohl sie vor der Visite so geweint hat.

Sie hatte mir gesagt, dass ihre Mama solche Angst um sie hat. Wir hätten ihr das alles ersparen können.«

Die andere erstarrte in ihrer Haltung, während ihr Blick erschrocken zu mir hetzte. Ich schaute sie an und konnte es kaum glauben. Ich war ein Zeuge geworden...!

Wie im Trance hatten sich die aufgeregten Worte der Schwester in meinem Gehirn festgesetzt. Sie spielten dort mit meinem Unterbewusstsein und suchten nach einer Lösung.

Er hatte den Körper meiner Tochter verletzt. Er hatte ihr die Wahrheit verschwiegen und mit ihrem Kinderwunsch gespielt – für sechshundert Euro! Niemand konnte ihr mehr garantieren, ob sich der einst noch erfüllen würde. Und irgendwie erinnerte mich das Ganze an ein Verbrechen. Lautlos geschehen und nie bestraft und wer weiß wie viele Male schon.

Fünf Stunden später saßen wir vor dem kleinen Café´ und konnten die Worte auf dem Papier nicht fassen. Obwohl der Arzt aus seiner

Sicht die Diagnose nicht bestätigen konnte, hatte er den Eingriff vorgenommen. Es folgten medizinische Floskeln, deren Verständnis nur ein Wörterbuch erklären konnte.

Meine Tochter hatte Durst und mir war übel, während wir auf ihre beste Freundin warteten. Ein paar Bonbons und ein kleiner Blumenstrauß von mir schmolzen zu einem winzigen Trost und waren es nicht wirklich.

Meine Tochter war noch zu benommen, um alles richtig zu erfassen. Sie freute sich über ihre Freundin, die uns sicher nach Hause brachte. Ich beschloss noch eine Nacht zu bleiben, um sie nach dem schweren Eingriff wenigstens zu beobachten. Und in dieser Nacht reifte ein Entschluss...

Leise, noch ehe sich meine Gedanken verselbständigen konnten, stand ich auf. Meine Hände flogen über die Tasten, als diktiere mir jemand einen Text. Eine unsichtbare starke Stimme führte meine Hand. Und als die Nacht vorüber war, fühlte ich mich besser. Ein paar Tage später verlor auch ich mich wieder im Arbeitsalltag.

II – Fortsetzung – eine Fiktion

Als Dr. Unthat gutgelaunt den Warteraum seiner Gynäkologie betrat, schreckten die Schwestern auf, als hätte jemand in ein Wespennest gestochen. Sie fixierten ihn mit wissenden Augen, während sie hastig eine Illustrierte zuschlugen.

Der Arzt bemerkte ihre Aufregung nur am Rande, denn er hatte immer noch seinen Kontostand im Sinn. Die Bank hatte ihm die Auszüge zugesandt, weil er es nicht schaffte, sie regelmäßig aufzusuchen. Die Zahlen auf den Blättern tanzten mit seiner Vorfreude einen Reigen, als ihm die nächsten OP-Tage einfielen, mit denen das Haus in Südfrankreich in greifbare Nähe rückte.

Die Schwester, die er vor einigen Tagen noch zurecht gewiesen hatte, betrat seine Praxis und übergab ihm die Patientenliste für die anstehenden operativen Eingriffe. Sie war seine rechte Hand und verhielt sich seitdem sehr distanziert. Als sie das Zimmer wieder verlassen hatte, lag unter der Liste die aufgeschlagene Illustrierte. »Skrupellos, las Dr. Unthat – eine wahre Geschichte. Obwohl er keine Zeit dafür hatte, zogen ihn die ersten Sätze in die Geschichte hinein.

Die Handlung schlich leise heran und weckte mit einem Hammerschlag seine Erinnerung. Das weinende Mädchen. Ihr schöner gesunder Körper. Er spürte eine Gänsehaut. Danach brach ihm kalter Schweiß aus den Poren. Er wartete auf einen Namen, während die Augen im Eilzugtempo über die Worte flogen. Plötzlich sah er den Blick der Schwestern am Morgen.

Hastig las er weiter und wischte sich den Schweiß von Gesicht und Nacken. Immer noch kein Name. Und dann das Ende. Sein Hemd klebte ihm am Körper, als er las: »Er hat den Körper meiner Tochter verletzt, für sechshundert Euro und niemand kann ihr garantieren...« Seine Augen flogen an das Ende.

»Wenn Sie wissen wollen, wie die Geschichte weitergeht - im nächsten Heft lesen Sie einen Namen!« Seine Hände zitterten und er roch seinen eigenen Schweiß. Fieberhaft suchten seine Gedanken nach einem Ausweg. Dann fiel ihm ihre Unterschrift ein. Gott sei Dank, war das hier Deutschland und nicht Amerika. Sie würde hier Jahre auf einen Prozess warten, während ihn die Anwälte der Ärztekammer schlau machen würden. So lief das immer. Aber im Moment beruhigte ihn das nicht so richtig. Vor allem, wenn sein Name in der Zeitung erschien. Zuerst würden ihm die Patienten davon laufen und dann seine einträglichen OP-Geschäfte dahin schmelzen.

Jetzt hatte er erst einmal ein Problem. Wie lautete der Name der Patientin? Fieberhaft dachte er nach, während er in den Schüben seines Schreibtisches wühlte. Dann fand er endlich seine Liste. Auch hinter ihrem Namen stand dieses W, nach einem halben Jahr erneute Operation der »gefährdeten« Patientin. Eine der vielen, die er zu Dauerkunden machen wollte. Sie wissen nichts und glauben ihm, weil er einen weißen Kittel trägt.

Mit überzeugenden Worten bereitete er all diese Frauen auf eine erneute Operation vor. Und die Begründung war einfach und human – immer, um sie vor dem todbringenden Krebs zu schützen. Seit dieser Wiederholungsliste brauchte er sich keine Gedanken mehr um die Schulden seiner Praxis zu machen. Sein Rentenalter rückte näher und damit sein Ziel, dann endlich aus diesem Land zu verschwinden und damit aus der Abhängigkeit von der Ärztekammer und den Krankenversicherungen.

Hastig faltete er die Liste zusammen und verstaute sie in seiner Brieftasche. In der Praxis würde keiner mehr einen Beweis finden.

Dann flogen seine Augen über das Impressum der Zeitschrift. Eilig griff er zum Hörer und wählte eine Nummer. Er klemmte das Telefon unter das Kinn, während er sich den Schweiß von den Händen wischte und versuchte, seine Stimme ruhig klingen zu lassen.

»Hören Sie, ich versuche die Autorin einer Geschichte in Ihrer Illustrierten zu erreichen. Hab noch ein paar medizinische Informationen für sie.«

Er spürte den Herzschlag seiner Lüge im Hals, als die andere Seite bereitwillig und ohne weitere Fragen eine Nummer durchgab. Er dachte, er hätte weniger Skrupel, als er laut seinen Fingern befahl, nicht mehr zu zittern.

Dann begann er die Zahlen einzugeben. Er spürte, wie ihm die Röte ins Gesicht schoss, als er am anderen Ende eine angenehme Stimme wahrnahm.

»Hören Sie«, begann er wieder, »wenn Sie meinen Namen veröffentlichen, mache ich Sie wegen Rufmordes fertig!«

In der Leitung war es so still, als hätte sie den Hörer aufgelegt. Sie brauchte einen Moment, um die Worte richtig zu erfassen. Obwohl der andere sich nicht vorgestellt hatte, wusste sie sofort, wer mit ihr sprach.

Eine kalte Woge flutete über ihren Körper, ehe es ihr gelang, sich zu beherrschen.

Ruhig entgegnete sie: »Nein, jetzt hören Sie mir mal zu! Wenn Sie nicht wollen, dass Ihr Name erscheint, erwarte ich Folgendes von Ihnen und zwar sofort.«

Sie atmete tief ein und wunderte sich selbst über die Härte ihrer Worte. »Mein Anwalt hat bereits eine Klage wegen Körperverletzung gegen Sie vorbereitet. Die kann ich nur zurückhalten, wenn Sie meiner Tochter umgehend, das heißt, heute bis 17.00 Uhr ein Schmerzensgeld zahlen. Ist die Summe bis zu diesem Zeitpunkt nicht auf ihrem Konto, hänge ich das alles an die ganz große Glocke. Und ich glaube, die kann in Ihrem Fall gar nicht groß genug sein.«

Sie hörte ein Schlucken am anderen Ende. Das war Erpressung, das wusste sie genau, aber irgendeiner musste diesem Scharlatan Einhalt gebieten.

Sie fühlte eine Stärke aufkommen, die ihren Worten hinterher flog. »Ich hoffe, Sie haben mich verstanden. Egal, was auch immer, Ihre Tat ist durch nichts zu rechtfertigen. Tun Sie, was ich Ihnen gesagt habe, nochmals bis 17.00 Uhr. Und Ihre kleine Bedrohung von eben vergessen wir dann. Die habe ich nämlich jetzt auch noch auf meinem Band.«

Sie diktierte ohne eine Antwort abzuwarten mechanisch die Zahlen des Kontos, dann die Summe und sagte: »Und vergessen Sie ein `Sorry` nicht!« Dann legte sie auf.

Danach schlug sie sich mit der Faust in die geöffnete Hand und triumphierte: »Fünf Jahre oder mehr auf irgendeine Verhandlung warten, das kann der Wichser vergessen. Wir erledigen das sofort!«

Und dann lächelte sie auf das Bild ihrer Tochter, obwohl sie wusste, dass sie mit dem Geld ohne erfüllten Kinderwunsch auch nicht glücklicher sein würde. Aber sie hätte wenigstens einmal ein korruptes System unterbrochen und einem weißen Kittel das Handwerk gelegt. Weiß steht auch für Unschuld!

Es war noch nicht einmal achtzehn Uhr, als ihr Telefon klingelte. Ihre Gedanken rasten von der Strafe für Erpressung zu der aufgeregten Stimme im Hörer: »Mama, Mama, mein Konto, ich wollte...« Ihre Worte überschlugen sich und sie wusste genau, was jetzt folgen würde. »Auf meinem Konto sind fünfzigtausend Euro. Und stell Dir vor mit einer Entschuldigung.«

Sie lächelte auf den Hörer, während sie dachte, das ist das Mindeste. Und wehmütig wusste sie, jetzt war ein Gespräch mit ihrer Tochter fällig. Denn das alles konnte die Ereignisse nicht wieder ungeschehen machen.

Und sie wusste nicht, ob sie diese Lebenserfahrung wirklich reicher gemacht hatte. Sie wusste nur, dass es richtig war, mit offenen Augen durchs Leben zu gehen und nichts hinzunehmen, ohne es zu hinterfragen.

Seelenwandler

Schwarze Limousinen hielten knirschend am Straßenrand. Wie schwarze Vögel fraßen sie sich in den gefrorenen Schnee. Dann klappten Türen und die Menschen traten in einen Tag voll winterlicher Schönheit, den der Blick der Trauer für sie gelöscht hatte. Paul strich sich über den Wollmantel und war in Gedanken versunken. Auch den letzten Weg geht man allein. Seinen besten Kumpel – oder war es gar ein Freund – hatte die Krankheit fortgerissen, einfach mitgenommen ohne Rücksicht auf eine Firma, auf eine Familie, auf ein Leben.

Leise hob er die Blumen aus dem Kofferraum. Er sah ihr Leuchten nicht, dass sich mit der gleißenden Sonne verband. Stumm nickte er den Menschen zu, die sich vor der Halle des Friedhofs versammelt hatten. Stille beherrschte ihre Gesten. Alles war unterbrochen, so als wäre plötzlich nichts mehr wichtig. Die Türen wurden geöffnet und ein eiskalter Hauch wehte ihm entgegen. Er riss die letzten Worte fort.

Paul spürte die Kälte, die ihm allmählich über den Rücken kroch. Der Tod war nicht fassbar und er hat ein grausiges Gesicht. Er löscht das Leben von einer Sekunde zur anderen, egal, was man noch zu erledigen hatte. Alles Wichtige versank plötzlich im Nichts. Was war eigentlich wichtig?

Die Musik hob an: »New York, New York…« und sein Blick fiel auf das Gesicht eines Mannes, das trotz mittleren Alters gut in eine Modelzeitschrift gepasst hätte. Lässig, wie diese Musik, so war er. Ein Lebemann mit unzähligen Frauengeschichten, ein Firmeninhaber mit dieser vereinnahmenden Ausstrahlung, ein Kumpel mit allen Geldwassern gewaschen. Einer, der in der oberen Liga spielte, der Arroganz und Möchtegerngrößen anzog, der andere am Himmel der Reichen und Schönen schnuppern ließ. Einer, der verführen konnte in den schönen Schein.

Und Paul liebte ihn dafür – mehr als seine eigene Frau.

Und wieder Frank Sinatra, dessen Lieblingsmelodie und wie für ihn erdacht.

Der Freund bewegte sich durch seinen Geist, als wäre nichts geschehen. Keine schleichende Krankheit, die das Altern beschleunigte. Kein eingefallenes Gesicht, weil das Kranke das Gewicht aufzehrte. Einfach so wie früher, attraktiv, überlegen und verlockend.

Wieder machte sich stille Bewunderung in Paul breit, wie als er ihn kennenlernte.

Der Trauerredner sprach von nicht mehr unter uns weilen, als sich lautes Schluchzen breitmachte. Die Witwe, erst in letzter Minute geheiratet, damit nicht der Staat die Hinterlassenschaft kassierte. Er mochte keine papiernen Bindungen in seinem Leben.

Auch darum beneidete ihn Paul, der immer irgendeinen Versorger brauchte. Der andere hatte dafür eine Haushälterin und seine Freiheit. Keine Lügen, um sich Freiräume sichern zu können. Oh, wie sehnte er sich nach so einem Leben. Freiheit, Geld und Unabhängigkeit und noch mehr Spaß mit Sex und Alkohol.

Seine Gedanken ließen den Freund wieder leben bis der mit seinem Geist spielte: Willst du so werden wie ich? Ich suche einen Menschen, in dem mein Geist und meine Seele aufgehoben sind. Dann kann ich in dir weiterleben und du verwirklichst meine Aufgabe.

Es war wie ein leises Flüstern, das sich in seine Nachdenklichkeit schlich.

Wenn du meinen Geist in deine Seele lässt, wirst du so ein Leben führen können wie ich.

Paul starrte auf den schwarzen Sarg und dachte, sein Freund hätte zu ihm gesprochen. War es nicht so, dass Verstorbene deshalb weiter lebten, weil man sie in guten Gedanken behielt? Aber was war das? Es war, als würde er eins mit ihm.

Du wolltest doch immer so sein wie ich! Tu es doch, es ist ganz einfach. Wandle immer in meinem Geist und du wirst alles haben, was du willst. Obwohl, du wirst auch einiges aufgeben müssen, aber was ist das schon für diese Aussicht auf »mein« Leben… Ist das nicht ein schöner Trost?

Paul lächelte ohne Tränen auf das Bild und fühlte plötzlich eine Macht. Er hatte schon immer nur auf Größe gehört, nebensächlich seine eigene Stimme.

Ohne Bedenken flüsterte er unhörbar, ja ich will in deinem Sinne weiterleben und lauschte aufrechter wieder der Abschiedszeremonie.

Später legte er seine Hand auf den Sarg und wiederholte im Geiste die Worte bis er diese Einhelligkeit spürte…

…Wochen später

Paul stand vor dem Spiegel und betrachtete seinen Anzug, dunkelblau mit diesem leicht schillernden Effekt, dazu ein hellblaues Hemd, die dunkle Krawatte und die blauen Lackschuhe – perfekt. Er versenkte eine Hand in die Hosentasche – lässig, wie er, kam ihm sein verstorbener Freund in den Sinn, als seine Frau das Schlafzimmer betrat.

»Gefällt Dir das?« fragte sie lächelnd, während sie sich im kleinen Schwarzen vor ihm drehte. Sie hatte immer noch diese mädchenhafte Figur und konnte eigentlich anziehen, was sie wollte. Sie sah auch mit Ende vierzig toll aus.

»Ja und«, antwortete er mit abweisendem Blick, »was soll das jetzt?«

»Es ist ganz neu und ich freue mich darauf, es heute Abend zu tragen. Übertrieben ahmte sie den Gang eines Models nach, »natürlich nur mit Highheals«, ergänzte sie, während sie sich auf Zehenspitzen stellte.

»Ich gehe heute Abend allein«, betonte er scharf seine Worte, während er lässig beide Hände in die Hosentaschen schob, »hatte ich Dir doch letztens schon gesagt. Da sind diesmal keine Frauen dabei, Männer müssen auch mal unter sich sein.« Er band die Schnürsenkel und sah sie nicht einmal an.

»Was?«, sie sank erschrocken aufs Bett, »wann hast Du das gesagt?«
Er antwortete nicht.

»Und übrigens stimmt das nicht, Verena hat heute mit mir gesprochen und mich sogar gefragt, was ich anziehe.« Ihre Worte stießen an sein versteinertes Gesicht.

»Und wenn schon, dann nimmt ihr Mann sie eben doch mit, aber ich gehe heute allein.« Er griff seine Autoschlüssel und war im nächsten Augenblick verschwunden. Seine Seele tanzte mit dem Geist des Anderen, und er fühlte sich so richtig gut.

Alles war an ihr vorbei gerauscht, noch ehe sie es fassen konnte. Was war nur in letzter Zeit geschehen? Wo war die vertraute Nähe, wo die lieben Worte und Gesten und weshalb wollte er auf einmal allein ausgehen? Sein Ton war aggressiv und ablehnend geworden. Aber warum?

Sie schaute in den Spiegel und es war, als würde sich die Farbe des Kleides auf ihre Seele legen. Kleine Zeichen kamen ihr in den Sinn. Sie waren mit der Zeit unbemerkt herangeschlichen und für nicht so wichtig befunden worden. Jetzt auf einmal wuchsen sie zu einem Achtungszeichen. Und es waren immer Ablehnungen. Sie hatte sie auf Launen, die viele Arbeit und wenn gar nichts mehr herhielt auf das schlechte Wetter geschoben. Mit vielen kleinen Gesten und dann entschlossenen Schritten hatte er sich immer mehr von ihr entfernt.

Und plötzlich kam ihr sein verstorbener Freund in den Sinn…

Das Versprechen

Das Schicksal kommt manchmal mit einem Augenzwinkern daher und hinter unserem Rücken stellt es eine winzig kleine Weiche, deren Folgen genauso wenig berechenbar wie vorhersehbar sind.

So auch an diesem Tag, an dem ich mich mal wieder so richtig mies fühlte. Mein Leben im fünfundzwanzigsten Jahr war ein totales Chaos und wenn ich erst begann, darüber nachzudenken, zog es mich unaufhörlich runter. Es löschte meine Fähigkeit noch irgendetwas positiv zu sehen und ganz kurz vor dem Abgrund erschien dieser kleine Helfer - ein Gedanke.

Aus irgendeinem unerklärbaren Grund kam mir meine Mutter in den Sinn, als mein Handy klingelte.

»Wanda«, hörte ich Norman abgehetzt, »du musst die Listen nochmals überprüfen. Die Zahlen stimmen nicht mit den gemeldeten überein.« Schon sein Tonfall klang wie eine Rüge. »Auch das noch, aber ich hatte sie doch heute nochmals verglichen« stöhnte ich nur etwas ungehalten, denn ich wusste, meine Kanzlei war gnadenlos, noch gnadenloser als mein Chef.

Sie hatten wegen einer winzigen Unachtsamkeit meine Gehaltserhöhung gestrichen. Darauf entzog die Bank mir den Kreditrahmen. Ich lebte mit einer drohenden Mieterhöhung und Horrorzahlen auf der Telefonrechnung. Mein Bruder nervte mich damit, doch endlich zu kündigen. Alle Freundinnen waren bereits verheiratet. Kevin wollte plötzlich seine Freiheit wieder und zu allem Unglück hatte ich meine besten Klamotten auch noch zu heiß gewaschen. Nicht nur einen Pulli, sondern alles.

»Macht doch nichts«, hörte ich meine besser verdienende, beste Freundin Mandy sorglos, »dafür ist deine alte Puppensammlung jetzt super cool eingekleidet.«

Als ich Norman freiwillig mit einem früheren Arbeitsbeginn für den nächsten Tag beruhigt hatte, war ich wieder mit meinen Gedanken allein.

Meine Mutter, mein Ruhepol, meine Trösterin. Sie war die einzige, die mir nicht auf die Nerven ging. Nein, wenn ich es recht bedachte, hätte ich mir sogar gewünscht, ihre Stimme öfter zu hören.

Ich nahm mir eine Zigarette, mein einziges Laster und das einzige, was mich wirklich beruhigte. Und die Fotos aus der Kindheit. Sie erzählten mir unbeschwerte Geschichten und streichelten meine verletzte Seele.

Der Karton mit den Fotos unter getrockneten Rosenblättern stand immer unter meinem Bett und hatte inzwischen den Geruch des Farbanstrichs meiner neuen Wohnung angenommen. Die Sonne hatte endlich die Wolken bezwungen und tauchte den Teppich in ihr wärmendes Abendrot.

Ich kuschelte mich in den Sessel, hob den Deckel wie für ein feierliches Ritual und versank von einem Moment zum nächsten in einer glücklichen Welt. Ich sah wunderschöne Landschaften, lachende Gesichter und immer wieder Weihnachten. Die Fotos bannten keinen Schmerz. Vielleicht liebte ich deshalb die Erinnerungen so. Ich sehnte mich unweigerlich in die schützende Hülle des Familienglücks zurück und ein wenig konnte ich sie in diesem Augenblick sogar spüren.

Dann meine Freunde, Daniel, Robert, Carsten und so weiter, einige verweilten nur kurz, andere hinterließen schmerzhafte Spuren: »Zu offen, zu anhänglich, zu eifersüchtig« fielen mir ihre Trennungsgründe ein. Und Kevin, der Letzte, dem ich zu perfekt war und der deshalb seine Freiheit in vierzehntägiger Abstinenz von mir wieder haben wollte.

Ich unterdrückte die Tränen nicht, es brach mir fast das Herz. »Warum war ich am Ende immer wieder allein?« Eine Träne fiel auf ein Rosenblatt und weckte die Farbe, die an seine blühende Frische erinnerte.

Unter dem Rosenblatt lagen die Briefe. Nein, die konnte ich auf keinen Fall jetzt auch noch lesen. Denn dann würde ich auf der Stelle meine Mutter brauchen. Ich verbot meinem Gedächtnis die Erinnerung.

Mit den Fingerspitzen berührte ich das Rosenblatt, das hartnäckig an einem Umschlag fest hing. Darunter ein bekannter Schriftzug. Neugierig starrte ich auf die Worte: Versprechen. Ich kramte in meinem Gedächtnis. Ein Versprechen? Was für ein Versprechen? Das hatte ich bis jetzt immer anderen gegeben. Mit der Neugier kroch Aufregung in mir hoch. Doch der Umschlag war leer.

Enttäuscht wollte ich ihn zurücklegen, als mir ein letzter Sonnenstrahl zur Hilfe kam. Auf der Innenseite des Umschlages formten sich kleine verblasste Bleistiftlinien zu einem Satz: »Wenn Du mit fünfundzwanzig noch solo bist, dann heirate ich Dich!« Steve.

Der Name weckte die Erinnerung. Steve war meine erste große Liebe gewesen. Aber wir waren erst fünfzehn und seine Eltern stärker. Nach einem Jahr war alles vorbei. Seine Mutter fand den Umgang mit der Tochter eines Rechtsanwaltes schicker.

Ich war mir damals ziemlich klein vorgekommen und heute war ich selbst die rechte Hand eines Anwalts in einer großen Kanzlei.

Das Klassenzimmer schwang in mein Gedächtnis. Unzählige Briefchen waren heimlich zwischen uns hin und her gewandert, immer unentdeckt. Allein schon deshalb hatte ich mich jeden Tag auf die Schule gefreut.

Ich lächelte auf die Zeilen und atmete tief ein. Also gut Steve, wurde ich laut wie für eine Kampfansage: »Ich nehme dich beim Wort. In drei Tagen werde ich fünfundzwanzig, ich bin solo und ich komme. Genau, wie du es wolltest. Versprochen ist versprochen!«

Als Mandy sich um 20.30 Uhr endlich meldete, gähnte sie ein gelangweiltes »Hallo« in den Hörer.

»Du, ich habe ein Versprechen gefunden.«

»Was, mitten in der Nacht? Wo bist du denn? Und was für ein Versprechen?«

Ich hatte sie endlich geweckt. Mandy war ständig müde und neigte zu Übertreibungen. Aber sie war auch mein erster Kummerkasten.

Als sie von meinem Fund hörte, rief sie begeistert: »Hey, da hast du also die ganze Zeit auf einem Versprechen geschlafen? Ist ja genial. Lass uns diesen Typ gemeinsam suchen. Sah der gut aus?«

Ihre Frage gab mir einen Stich. Und wie gut der aussah. So gut, dass es ziemlich unwahrscheinlich war, dass der noch frei herumlief. Aber egal, Erinnerungen hatten schon so manche Gefühle aus dem Schlummer geweckt.

Wir verabredeten uns für den nächsten Tag, wo eine groß angelegte Suche beginnen sollte.

Das winzige Kaffee in Berlins Mitte hatte etwas Anheimelndes. Ich fühlte mich dort so wohl, dass es fast zu meinem zweiten Zufluchtsort wurde. Der Ober brachte mir den Milchkaffee in den Vorgarten, dessen Tische bereits bis auf wenige Plätze besetzt waren. Ich genoss einen der letzten warmen Sommertage und wartete auf Mandy.

Ein winziger Golf kam am Straßenrand kreischend zum Stehen und ich wusste, gleich hatte Mandy ihren Auftritt. Sie sah wie immer toll aus, die blonden Haare fielen ihr bis auf den Gürtel und die Jeans gab einen Blick auf makellose braune Haut mit einem gepiercten Bauchnabel frei. Sie brauchte keinen Gruß, sie wurde ohnehin überall angestarrt. Wir sahen aus wie Schwestern, nur war ich der schwarzhaarige Gegensatz ohne Piercing.

»Hey, machs nicht so spannend, hast du schon was rausgefunden?«

Sie ließ sich neben mir in den Stuhl fallen und drehte sich eine Zigarette. »Willst Du auch eine?«

»Nein danke, ich brauche keinen Stimmungsaufheller«, erwiderte ich mit einer Spur von Abneigung.

Sie wusste ganz genau, dass ich dieses Zeug darin, was die Sinne benebelte, grundsätzlich ablehnte.

Nach ungefähr einer Stunde hatten wir alle Handy-Nummern durch, ohne Ergebnis. Lediglich ein früherer Kumpel von Steve wusste angeblich, dass er inzwischen nicht mehr in Berlin wohnte. Das würde die Suche noch erschweren. Meine Hoffnungen schwanden wie ein flüchtiger Gedanke.

Da hatte Mandy plötzlich eine Idee: »Was hat der früher so gemacht und wo habt ihr euch am liebsten aufgehalten?« Das war zwar auch keine Garantie dafür, ihn wieder zu finden, aber es war immerhin eine Möglichkeit. Sie hatte das Feuer wieder entfacht.

Nach dem fünften Milchkaffee hatte ich eine Liste mit Aufenthaltsorten und einen ausgefüllten Nachmittag vor mir. Aber übermorgen war bereits mein Geburtstag und bis dahin würde ich auf keinen Fall an allen Orten gewesen sein. Der nächste Tag war ein Mittwoch und mittwochs hatte Steve früher Fußballtraining.

Mein Chef nahm verwundert zur Kenntnis, dass ich wieder um sieben Uhr über den Mahnbescheiden brütete. Ich tat meinen Eifer mit einem früheren Arbeitsende ab, worauf er mir lediglich einen vielsagenden Blick schenkte.

Mit mulmigem Gefühl fuhr ich zum Sportplatz.

»Steve«, so der Trainer, »der war heute hier, ist aber eher gegangen, hatte angeblich was Wichtiges zu erledigen«, spürte ich noch immer seinen Unmut.

Mein Herz pochte in den Schläfen. Ich hatte ihn gefunden.

»Das Wichtigere war bestimmt die Blonde, hatte beim Training schon auf ihn gelauert«, gab er mit verräterischem Blick dazu. Aus! Es war als schwänden mir die Sinne. Die Worte schlugen meine Hoffnungen in die Belanglosigkeit.

Ich stand reglos vor ihm zu keiner Bewegung mehr fähig und meine Augen füllten sich mit Tränen.

»Ach, der hat Sie wohl auch sitzen gelassen?«, wurde sein Tonfall tröstend, »nimms nicht so schwer Mädel, da kommt ein Neuer, ganz bestimmt, so wie Du aussiehst.«

Hätte nur noch gefehlt, dass er mich streichelte mit diesem väterlichen Ton.

Wortlos fuhr ich nach Hause, als mein Handy klingelte.

»Und?« hörte ich Mandy erwartungsvoll.

»Nichts«, gab ich kalt zurück, »Ist vorbei, der ist vergeben.« Ich wollte eigentlich nicht mehr darüber reden. Reinfälle hatte ich in der Vergangenheit schon genug erlebt. Und den Schmerz wollte ich nicht an mich ranlassen, nicht einen Tag vor meinem Geburtstag.

Fünfundzwanzig, wenn ich es anders formulierte war es ein Vierteljahrhundert und hatte für mich etwas von jenseits des Verfallsdatums. Und wenn ich weiter dachte, kam Torschlusspanik auf. Da halfen auch die weisen Sprüche von erst mal austoben nichts. Mein Kopf war wie vernagelt.

Mandy ließ sich nicht abschütteln.

»Lass dich auf andere Gedanken bringen, auf unserer Liste steht die Disko. Heute Abend um neun. Wenn er da ist, machen wir den fertig. Also schmeiß dich in deine besten Klamotten«, sie holte kurz Luft, »sorry, die tragen ja jetzt deine Puppen. Warte, ich bring dir was von mir, bin gleich bei dir«, plapperte sie unbeschwert wie immer.

Als das Handy verstummte, hatte ich keine Lust mehr wegzugehen. Was sollte das bringen? Doch wieder nur Enttäuschung und Traurigkeit. Meine Wohnung würde weiter nur mir gehören und ich würde mich weiter vor einsamen Wochenenden graulen. Ich bemerkte, wie mich die Gedanken allmählich wieder in die Tiefe zogen.

Der langgezogene Klingelton war meine Rettung. Mandy sah noch steiler aus als sonst und war bis oben bepackt mit Klamotten. »Hier, kannst dir was aussuchen«, sagte sie fröhlich und mit einem Blick, als hätte sie mir soeben das größte Geschenk gemacht.

Aus der Disco quollen die aktuellen Hits. Die Türsteher kannten uns bereits und einer konnte sich einen Pfiff nicht verkneifen. Ich hatte mich für den hellen Hosenanzug mit Nadelstreifen entschieden, mein Haar hochgesteckt und konnte dank Sonnenstudio auf Make up verzichten. Trotzdem, so aufgeregt hatte ich die Disko noch nie betreten. Ich spürte die Röte in meinem Gesicht und wusste, die war heftiger als Wangenrouge.

Mandy zog mich förmlich hinein in den Trubel, einer Mischung aus betäubendem Lärm, hämmernden Rhythmen und Rauch verhangener Luft. Die Atmosphäre raubte mir die quälenden Gedanken und deckte mich mit ihrer Leichtigkeit zu.

Nachdem wir uns ungefähr eine Stunde durch das Gewühl gedrängt hatten, war Steve immer noch nicht in Sicht. Aber der Abend versprach uns noch vier Stunden und ich begann, mich einigermaßen zu beruhigen. Beim Tanzen hatte ich nicht wirklich Spaß, aber so verging wenigstens die Zeit.

Als die Uhr den anbrechenden Tag verkündete, wusste ich, es war umsonst. Er würde nicht mehr kommen und ich hätte nicht einmal die Chance gehabt, mich auch nur in Erinnerung zu bringen. Mandy hatte wieder diesen erweiterten Blick, als sie mich trösten wollte: »Ach komm Wanda, du hast doch nicht im Ernst geglaubt, ein Mann würde sich an sowas noch erinnern. War doch eher eine Kinderei. Es hätte zwar ganz lustig werden können, aber mehr auch nicht. Außerdem sieh dich doch um, der Typ da hinten starrt schon die ganze Zeit auf dich. Der wäre vielleicht einen Versuch wert. Die ganze Welt ist voller Kerle und du suchst einen aus den Kindertagen.«

In diesem Augenblick hasste ich sie für ihre Worte. Aber so war sie immer, ihre Oberflächlichkeit nervte mich nicht zum ersten Mal. Trotzdem beneidete ich sie darum, denn sie hatte es damit im Leben leichter.

Ich bestellte mir ein Taxi und fuhr in den Alltag zurück. Den Rest der Nacht schlief ich auf einem Versprechen in meinen Geburtstag hinein.

Der schrille Ton der Klingel riss mich aus einem traumlosen Schlaf. Erschrocken suchte ich die Uhrzeit. Die Dämmerung brachte nur ein wenig Licht. Es war fünf Uhr. Wieder die Klingel. Ich dachte an den Zeitungsboten, der sich immer irgendeinen aussuchte und beschloss den Klingelton zu ignorieren.

Ich zog die Decke über die Ohren und schloss die Augen. Es klingelte jetzt unaufhörlich. Und allmählich wurde ich so richtig sauer.

Aufgebracht riss ich meine Wohnungstür auf: »Haben Sie schon mal auf die Uhr ge...«, leise verließ mich meine Stimme: »...schaut?«

Nur ein einziger Blick und mein ganzes Gefühlsleben wirbelte durcheinander. Die Erinnerung blitzte in meine Gedanken. Hitze und Kälte jagte in Sekundenbruchteilen durch meinen Körper. Alle Gefühle von damals wallten in mir hoch und raubten mir die Worte. Die Welt um mich herum versank in Bedeutungslosigkeit.

Die Wärme seiner Stimme, sie war für mich wie eine innere Berührung: »Wanda, meinen herzlichen Glückwunsch, ich wollte heute unbedingt der Erste sein. Und versprochen ist versprochen....«

Gewagter Neubeginn

Als Linda die Tür ihres Büros verschloss, fühlte sie sich leer und ausgepowert. Acht Stunden Stress und Hektik reichten ihr für heute. Kurz vor dem Feierabend hatte sie in den Spiegel geschaut und gemeint, sie sähe eine andere. Müde und abgearbeitet, wie früher ihre Mutter, die dann immer schlecht gelaunt war. Sie spürte, wie ihr Anblick auf ihre Stimmung flog und die Hemmschwelle für Ärger sank.

Auf der Straße empfing sie kühle Luft, die sie wie eine Erfrischung wahrnahm. Während sie in ihrer Tasche nach dem Autoschlüssel wühlte, fiel ihr Blick auf ihren winzigen blauen Golf, an dem der Wind mit einem Zettel spielte. Ärgerlich fiel ihr wieder so ein machtgeiler Idiot ein, der brav seine Amtsbefugnis ausführte. Wie sie das hasste.

Aber als sie das Papier unter dem Scheibenwischer hervorzog, erkannte sie den Irrtum. »Überraschung!« stand da in der bekannten Schrift und »Komm bitte gleich zum Plazza!«

Sie lächelte auf das Papier, während sie an Henry dachte. Ihre Beziehung war ihr bisher wie eine Fahrt mit der Achterbahn vorgekommen, zumindest war es nie langweilig. Aber das auf und ab ihrer Gefühle hatte ihr auch so manchen Schmerz bereitet und oft war sie mit Tränen eingeschlafen. So wie damals, als sich nach der Schulzeit ihre Wege verloren hatten. Er war ihre erste Liebe. Und als sie sich zufällig am Ende ihrer Ausbildungszeit wieder trafen, hatte sie ihr Herz heftiger gespürt, als ihren Verstand. Und dann, nach zwei Jahren wieder die Trennung. Er hatte den Verlockungen des Lebens einfach nicht widerstehen können. Und sie, sie konnte den Schmerz nicht mehr ertragen.

Sie setzte sich hinters Steuer und betrachtete sich im Spiegel. Ihr Lächeln hatte wieder diesen Glanz in ihre Augen gezaubert, der ihm so gefiel. Er machte ihre Züge weich und legte Wärme in ihr Gesicht. Viel besser, als noch vor wenigen Minuten, dachte sie, betonte ihre Lippen und löste ihre Spange vom Haar.

Sie lehnte sich bequem zurück, während die Gedanken weiter liefen. Und dann, dann kamen fünf Jahre blanker Horror. Sie konnte nicht ahnen, dass das Schicksal sie so hart prüfen würde. Wie oft hatte sie gezweifelt und sich selbst dafür die Schuld gegeben. Bis andere ihr klarmachten, dass sie auch jemand war. Nämlich eine schöne Frau, auf die vielleicht irgendwo anders jemand wartet. Jemand, der sie verehrt, und zwar nicht nur für einen Abend und eine Nacht. Jemand, der sie liebt mit allen Fasern seines Herzens. Jemand, in dem sie sich verlieren konnte. Wieder musste sie lächeln. Nie im Leben hätte sie auch nur geahnt, was dann passierte.

Sie drückte auf das Radio und hörte diese Melodie, ihre Melodie. Was für ein Zufall, dachte sie. Genau diese Melodie hatte sie wieder an ihn erinnert. Damals, als sie keinen Ausweg mehr sah. Die Töne waren wie ein Ruf in ihre zerstörte Welt gedrungen und da hatte sie diesen Brief an Henry geschrieben. Mit zitternden Händen und in der Hoffnung, er würde frei sein und sie nicht auslachen. Sie hatte all ihren Mut zusammen genommen und dann tagelang mit bangen Gefühlen auf seine Antwort gewartet, wie eine Ertrinkende, die sich an den letzten Halm klammert. Und sie hatte fast gebetet, dass er sie auch wieder sehen wollte.

Und dann geschah das Unfassbare. Er kam wirklich und er blieb. Er hatte sie gerettet und ihr ein neues Leben geboten. Er hatte all die gestorbenen Gefühle wieder erweckt und sie fand sich endlich wieder selbst.

Es war etwas dran an der ersten Liebe, die einem für immer und ewig als die schönste im Gedächtnis bleiben sollte. Und es war etwas dran, dass man sagte, wenn man in der Kindheit bereits zusammen findet, ist man füreinander bestimmt, für ein ganzes Leben.

Die Musik verklang, als sie den Wagen startete. Das Leben drehte sich in ihrem Kopf weiter. Er war geblieben. Aber dann kam der Alltag mit seinen Prüfungen. Und nicht für alle Probleme gab es einfache Lösungen. Manches mussten sie sich hart erstreiten und erst begreifen, dass man den anderen so nehmen muss, wie er ist. Dass man keinen verbiegen kann, so wie sie sich selbst nicht verbiegen lassen wollte. Aber über all ihre Zweifel siegte dann die entscheidende Nachricht.

Sie fuhr um die Ecke und sah das Plaza, das sich vor ihr auftat, wie ein riesiger Rosengarten. Dahinter ein wunderschönes Restaurant mit Tischen für zwei.

Sie warf einen prüfenden Blick in die bodenlangen Fenster. Immer noch eine tolle Figur in den Jeans, dachte sie, während die Aufregung wie am ersten Tag mit diesem Kribbeln im Bauch kam.

Dann sah sie ihn. Er hatte wieder diesen Funken in den Augen und lächelte geheimnisvoll.

Dann fiel ihr Blick auf das kleine Wesen. Mit unsicheren Tippelschritten kam es auf sie zu. In seinem fröhlichen Gesicht sah sie all die Wärme und Liebe wieder, die Henry ihr gegeben hatte.

Der Kleine war ein Zeichen ihres Glücks und er hatte ihrer Beziehung noch mehr Halt gegeben und einen Sinn. Ein Kind von ihnen, aus dem alles werden konnte, die schönste und die schwierigste Aufgabe im Leben eines Menschen.

Sein unbeholfenes Geplapper war nur für sie bestimmt, weil nur sie es verstehen konnte. Und in diesem Augenblick fühlte sie, wie sie unsagbares Glück überschwemmte.

Sie nahm ihn auf den Arm, spürte seinen Sabberkuss auf ihrer Wange und hörte Henry sagen: »Genau an diesem Tag vor sieben Jahren habe ich deinen Brief erhalten. Und ich denke, das war die größte Überraschung in meinem Leben.« Und während er sie beide umarmte, legte er einen Urlaubsscheck für drei auf den Tisch...

Späte Fügung

Die dreizehnjährige Anna saß in einem weißen Saal und war aufgeregt. Sie spürte ihr Herz und versuchte, es zu beruhigen. Neben ihr der Lieblingslehrer, den im Augenblick nichts zu erschüttern schien.

Weit war sie gekommen. Sie konnte es selbst kaum fassen. Einen Wettbewerb nach dem anderen hatte sie gewonnen bis zu dieser Berliner Meisterschaft. Und dabei hatte sie viel ältere Konkurrenten überflügelt.

Immer, wenn sie das Publikum ihre glühende Leidenschaft spüren ließ, war sie die Nummer eins. Und heute sollte sie ein Pflichtgedicht von Wilhelm Busch und ein Gedicht ihrer Wahl rezitieren. Tagelang hatte sie mit ihrem Lehrer an der Aussprache gefeilt bis er nichts mehr auszusetzen hatte. Dabei gehörte dieses lustige Pflichtgedicht nicht zu ihren Stärken. Sie brauchte etwas, dem sie Ausdruck verleihen konnte, ihren Ausdruck. Und den trug immer die Leidenschaft.

Anna schaute sich um, allmählich füllte sich der Saal und mit ihm stieg das Lampenfieber. Sie wusste, ihre ersten Worte würden es fortreißen, auf die Wogen der Leidenschaft tragen und dann wäre sie so richtig gut. Sie zündete in den Herzen der Zuhörer ein Feuer, das diese längst vergessen hatten.

Ihr Lehrer saß wie immer in der ersten Reihe und begleitete mit leisen Lippenbewegungen jedes ihrer Worte.

Einmal, als sie ihn während des Vortrags so sah, musste sie fast lachen. Seitdem hatte sie ihn nie wieder angeschaut, obwohl sie immer spürte, was er tat.

Sie hörte sich all die Rezitationen ihrer Konkurrenten an und fragte sich, ob sie es dieses Mal auch schaffen würde. Da waren Jungen, die viel älter waren als sie und sogar eine Studentin war dabei.

Als sie ihren Vortrag beendet hatte, war sie sich nicht mehr so sicher. Auch ihr Lehrer zeigte keine Regung.

Dann kamen die Bewertungen, es gab Punkte wie beim Eiskunstlauf.

Die zehn Besten wurden wie bei einem Countdown nach vorn gerufen. Als der Juror bei drei angekommen war, sank ihr Mut. Sie hatte es also nicht einmal auf die zehn geschafft. War ihr Empfinden doch gleich richtig, mit diesem lustigen Gedicht. Das war einfach nicht ihr Ding.

Wieder schaute sie auf ihren Lehrer, aber der hatte bisher nicht ein einziges Wort gesagt. Mit versteinerter Mine saß er da, als wäre er gar nicht anwesend. Ob er nun sehr enttäuscht war? Aber man konnte nicht immer oben sein, das lehrte auch das Leben.

Platz Nummer drei – die Studentin, Platz Nummer zwei – ein Junge, der Anna sogar gefiel.

Platz Nummer eins – aus, vorbei – dachte sie. Sie hatte es dieses Mal nicht geschafft. Traurig rieb sie sich die Knie und wusste nicht mehr, was sie denken sollte.

Der Juror holte weit aus und erzählte etwas von einem Dichter, der – wäre er noch am Leben, einfach glücklich wäre über so einen Vortrag, einen Vortrag mit Herz und Leidenschaft. Der Name des Dichters? Der hatte auch ihr Gedicht geschrieben... Ihre Wahrnehmung kroch durch einen Schleier:

Berliner Meister in allen Alterskategorien ist - Anna und sie wird in das Ehrenbuch der Stadt eingetragen.

Sie saß wie erstarrt. Das war ihr Name.

Leise schob ihr Lehrer sie zur Bühne. Sie konnte es kaum fassen. Das war sie. Sie hatte alle überflügelt. Sie war die Beste. Und das Herz spielte verrückt.

Ihr Lehrer strahlte vor Glück, als hätte er soeben Millionen im Lotto gewonnen.

Sie stand einfach neben sich, als all die Glückwünsche über sie kamen, wie ein Goldregen. Sie stand einfach nur da und lächelte. Ihr Lächeln flog in die Augen ihres Lehrers.

Er kam auf sie zu, umarmte sie und flüsterte leise Worte: »Wenn Du älter wärst, würde ich Dich jetzt küssen!«

Er sah sie lange an, während sie noch nicht bemerkte, dass seine Worte sich für immer einen Platz in ihrem Gedächtnis gesucht hatten.

Jahre später – ein drittes Klassentreffen. Anna hatte eine eigene Familie und einen Bürojob. Sie freute sich darauf, all ihre Klassenkameraden nach fünfzehn Jahren einmal wieder zu sehen. Auch zwei Lehrer wollten kommen.

Sie wählte einen Rock mit einer verspielten Jacke. Das lange Haar fiel ihr in Locken über die Schultern. Sie fühlte sich gut, als sie das kleine Restaurant betrat.

Nachdem sie mit mehr oder weniger Hilfe alle erkannt hatte, begrüßte sie die Lehrer.

Der Physiklehrer, bei dem sie noch heute ein schlechtes Gewissen wegen ihrer mäßigen Noten und ein Lehrer, bei dem sie in frühen Schuljahren Werkunterricht hatte. Dabei waren immer Geschenke für die Eltern heraus gesprungen. Nachdem er nebenbei bemerkte, dass sie immer noch die Schönste sei, verlor sie sich in angeregten Gesprächen.

Die Luft war heiß, wie das Perestroika-Klima im ganzen Land. Ein schönes Essen und Musik aus den Siebzigern legte sich auf die Stimmung der Anwesenden, als plötzlich die Tür aufging und ihr Lieblingslehrer den Raum betrat.

Er hatte graue Schläfen und immer noch diese Wärme in den Augen. Sein Lächeln erreichte sie schneller, als er selbst.

Er schloss sie in seine Arme und flüsterte: »Ich habe noch etwas nachzuholen.« Dann küßte er sie...

Sophies Traum

Sophie saß am Tisch, hatte den Kopf in die Arme gelegt und weinte unendliche Tränen.

Hilflos versuchte die Mutter, sie zu beruhigen und redete unaufhörlich auf sie ein: »Sei doch nicht so traurig, das ist der Lauf der Welt, das Sterben gehört auch dazu und jeder muß einmal sterben.«

»Ja aber, wenn Du mich mitgenommen hättest, dann wäre Maja nicht gestorben«, schluchzte Sophie untröstlich.

»Hör auf damit«, sagte die Mutter, »die Ärztin hat entschieden, ihm die Spritze zu geben, damit es sich nicht mehr so quälen muss.«

Ihr Weinen schlug in leises Wimmern um, so als fühlte sie die Schmerzen des Kaninchens. »Wenn ich dabei gewesen wäre, hätte ich Maja wieder mitgenommen und ihr Tee gegeben. Wir mußten auch immer Tee trinken, wenn wir Bauchschmerzen hatten. Maja ist nur gestorben wegen der Spritze und weil ich nicht da war.«

Sie schluchzte laut auf. »Sie ist immer zu mir gekommen, wenn ich sie gerufen habe. Sie hat sich an mich gekuschelt und sie sah aus wie ein kleiner Schneeball. Ich konnte sie sogar sehen, wenn es im Zimmer dunkel war.«

Sophie weinte ihren ganzen Kinderseelenschmerz hinaus und konnte sich nicht beruhigen.

»Komm, hör endlich auf, wasch dir das Gesicht und putze deine Zähne, ich lese dir dann noch eine Gute-Nacht-Geschichte vor. Du sollst nicht mit solch traurigen Gedanken einschlafen, weil du sie sonst mit in deinen Traum nimmst.«

Sophie lief in ihr Zimmer und hatte für die beiden neuen Hasen in Majas Käfig nur einen kurzen Blick. Sie hockten aneinander gekuschelt in einer Ecke und wackelten nur mit den Nasen. Nein, die beiden waren kein Ersatz für Maja. Immer wenn sie sie streicheln wollte, rannten sie davon und drückten sich ängstlich aneinander, als wäre sie eine Fremde.

Sophie schüttelte den Kopf und sehnte sich nach ihrem weißen Kaninchen.

Als die Mutter das Licht löschte, drehte sich Sophie zur Wand. Sie wollte die Neuen nicht anschauen. Sie waren nicht wie Maja, sie waren nicht weiß und sie waren schon gar kein Trost.

Allmählich dämmerte sie in einen Traum:

Sophie vollführte einen Freudentanz. Da lag es, ein weiches kuscheliges etwas. Sie wagte es kaum zu glauben, hatten ihre Großeltern also doch ihren sehnlichsten Wunsch erhört. Sie streichelte es wieder und wieder und drückte es ganz fest an sich.

Sechs Kerzen brannten auf ihrem Geburtstagstisch und die Worte der Mutter flogen in ihre Erinnerung: »Ein Tier? Auf keinen Fall, nicht in einer Wohnung. Und dann noch ein Kaninchen, was für eine Vorstellung! Hier gibt es keinen Rasen und keinen Auslauf. So was macht überall hin. Igitt, wer macht das dann sauber und was frißt so was überhaupt? Ach, das ist schon viel zu weit gedacht. Schlag dir das aus dem Kopf, vielleicht später einmal, wenn wir einen Garten haben.

Und so war Sophie mit ihrem Wunsch wieder allein geblieben. Aber er hatte sich in ihrem Kopf fest gebissen und wuchs mit jedem Familienfest. Sie hatte sogar schon einen Namen dafür, Maja sollte es heißen, ein kleines weißes Kaninchenmädchen. Unter Tränen hatte sie der Mutter versprochen, dass sie sich immer und ganz allein darum kümmern würde und sie hatte sogar versprochen, dass sie dafür ihr Zimmer jeden Abend ganz allein aufräumen würde und das wäre fast ihre größte Leistung.

Aber die Mutter hatte damals nicht nachgegeben.

Sophie rieb sich die Augen und konnte es kaum glauben, aber es saß vor ihr – ein winziges Häschen mit einer braunen Nase, die ständig wackelte.

Sie streichelte das weiße Fell, als es zu sprechen begann: »Sophie, sei nicht traurig, dass ich nicht mehr da bin. Ich bin jetzt im Kaninchenhimmel und dort fühle ich mich sehr wohl. Und weißt du warum? Weil ich dort den ganzen Tag mit vielen anderen Kaninchen herum tollen kann. Niemand ist dort allein. Auf der Erde hatte ich zwar dich, aber wenn du in der Schule warst, habe ich mich ganz schön einsam gefühlt. Hier bin ich glücklich und denke - so oft ich kann - an Dich.«

Sophie traute ihren Ohren kaum, ihre Maja konnte sogar sprechen. Wusste sie es doch, dieses Kaninchen war eben etwas ganz besonderes.

Sie rieb sich die Ohren und flüsterte: »Warst du wirklich so krank?«

Maja hoppelte in ihre Ecke: »Ja, ich hatte einen Blähbauch, da konnte auch kein Arzt helfen. Meine Zeit war eben gekommen, wie bei euch Menschen auch. Wenn man alt und krank ist, dann geht das Leben eben manchmal zu Ende. Sei nicht traurig, sondern freue dich, wenn Du an mich denkst. Freue dich über die schöne Zeit, die wir miteinander verbracht haben. Ich habe gespürt, dass du mich sehr lieb hattest, weil du mir immer meinen Lieblingsklee gebracht hast. Und ich habe deinen lieben Worten gelauscht. Ich war sehr gern mit dir zusammen und ich danke dir dafür.«

Sophie staunte über diese Worte und dachte lange nach...

Maja hüpfte fort, als plötzlich der Wecker in ihren Traum klingelte.

Sophie schlug die Decke weg und sah nachdenklich auf die beiden kleinen Kaninchen. Wieder saßen sie aneinander gekuschelt in einer Ecke und starrten sie ängstlich an. »Mama«, rief sie, während sie noch im Nachthemd in die Küche lief, »ich möchte zwei Möhren, für jedes Kaninchen eine, und ich möchte sie ihnen selbst geben.«

»Was?« wunderte sich die Mutter, die die beiden bisher immer versorgt hatte. Leise lief sie hinter Sophie her.

Sie beobachtete ihre Tochter in einem Zwiegespräch mit den beiden Hasen: »Ich weiß jetzt, dass es euch gut geht, weil ihr zu zweit seid. Ich glaube, ich war ungerecht zu euch, aber von nun an werde ich euch immer füttern und euch so liebhaben, wie Maja. Denn ihr seid auch Kaninchen, wie sie und ihr werdet später im Kaninchenhimmel mit Maja zusammen sein...«

Liebevoll streichelte sie beiden über das Fell, hielt ihnen die Möhren hin und siehe da, keiner hoppelte davon.

Die Mutter schüttelte den Kopf und verließ das Kinderzimmer mit einem fragenden Lächeln...

Der Träumer

»Wird Zeit, dass du dein Traumland verlässt«, hörte ich meinen Vater, wie durch einen Schleier.« Das sagte er immer dann, wenn mich seine Worte nicht erreichten.

Ich stand am Fenster und starrte erwartungsvoll auf den Schornstein des Geräteschuppens. Mein Großvater hatte dort seine Werkstatt eingerichtet. Viele Jahre lang hauchte er alten Uhren wieder Leben ein. Und wenn eine ihr Ticken mit seinem Herzschlag vereinte, zündete er ein Feuer in dem eisernen Kanonenofen an und das war mein Zeichen. Grau tanzte der Rauch in der Luft und bildete unzählige Figuren, die der Wind allmählich verwehte.

Ich schlüpfte so schnell ich konnte in meine Turnschuhe und rannte hinüber in die Werkstatt. Mein Großvater saß bereits in seinem Ohrensessel, eingehüllt in den Geruch von Maschinenöl und frischem Holz. Er lauschte dem Ticken der Uhr und verwies auf ihren nächsten Schlag, der mein neues Abenteuer jäh beenden würde. Doch zuvor müsste der Rundenlauf des großen Zeigers unzählige Minuten verschlingen. Und während dieser Zeit würde ich verschwinden an einen Ort voller Gefahren, die nur zu überwinden waren, wenn man die Dummheit überlistete. Mein Großvater sagte dann immer, dafür brauche man die Bücher. Die würden einem helfen, die richtigen Antworten zu finden. Mein Großvater stopfte Tabak in die Pfeife, hielt ein Streichholzfeuer daran und sog die Luft hinein bis sie die Flamme verschluckt hatte.

Dann schlug er das Buch auf. Ich kuschelte mich in seinen Schoß und bevor er geheimnisvoll begann, fragte er mich jedes Mal, was ich erlebt hätte. Und während ich ihm erzählte, dass meine Vorschullehrerin mich einen hoffnungslosen Träumer genannt hatte, verschwammen die Buchstaben vor meinen Augen.

Seine warme Stimme zog mich mitten hinein in eine fremde Welt, die für eine Stunde meine eigene werden sollte.

»Oh« herrschte der Zauberer mich an, »noch so ein hoffnungsloser Träumer.« Er schwenkte seinen dunkelblauen Umhang, als wolle er mich wegfegen. »Was willst du Erdenwesen hier? Ich kann niemanden gebrauchen, der immer nur träumt. Das ist unwirklich.«

Mit nur einem Schritt erhob er sich vor mir auf einen Berg und blitzte auf mich herab. »Ich brauche nur Helfer, die auf mich hören und die brauchen keine Bücher. Also verschwinde wieder von hier.« Seine Stimme rüttelte mich durch und seine Worte hallten als schrilles Echo nach.

Der Himmel hatte sich verdunkelt, so als wolle auch er mich unsichtbar machen. Die Sommerblumen auf der Wiese schlossen rasch ihre Köpfe und duckten sich ängstlich ins Gras.

Ich drückte das Buch an mich und lauschte. Es war ungewöhnlich still, wie vor einem drohenden Unwetter.

»Er hat recht« wisperte eine zarte Stimme hinter mir, »hau ab, ehe es zu spät ist. Er sperrt alle Kinder ein, die Träumer sind. In seiner Burg müssen sie tun, was er sagt und sagen, was er denkt. Damit löscht er ihre Träume und dafür werden sie von ihm reichlich belohnt.«

Erschrocken sah ich mich um. Über das weiche Moos wieselte rasch ein Eichhörnchen und verschwand sogleich in einem winzigen Erdloch.

»Du hast nur eine Stunde«, hallte die Stimme des Zauberers hart an mein Ohr, der mit einem scharfen Windzug verschwand. Ich kauerte mich vor das Erdloch und sah nichts als Dunkelheit.

»Hey, Eichhörnchen, hast du mit mir gesprochen? Du musst mir zeigen, wo die Kinder sind.«

Vorsichtig zeigten sich die spitzen Ohren. »Ich kann dir den Weg zeigen, aber das Gebiet des Zauberers betrete ich nicht. Und dir rate ich auch davon ab, wenn du nicht so werden willst, wie sie.« Dabei hüpfte das Eichhörnchen aufgeregt hin und her.

»Aber vielleicht kann ich etwas für die Kinder tun.«

Ein ungläubiger Blick traf mich. »Wenn du sie erlösen willst, musst du sie zum Träumen bringen. Aber das schaffst du nicht, das haben schon ganz andere vor dir versucht. Sie alle erlagen seiner Verlockung. Aber mir kann es egal sein, ein Dummer mehr oder weniger...« Mit diesen Worten war es wieder verschwunden. Ich streckte meine Hand in das Erdloch und wurde plötzlich mitten in einen finsteren Höhlengang gezogen. Ich wusste nicht, ob ich vor Angst oder vor Kälte zitterte, während ein kühler Luftzug mich einhüllte.

»Man kann sehen, wenn man sich an die Dunkelheit gewöhnt hat«, fielen mir die Worte meines Großvaters ein. Und ganz allmählich dämmerten Glitzersterne von den feuchten Wänden und wiesen mir den Weg in einen verwilderten Park.

Mitten darin stand eine Burg mit wenigen Fenstern wie eine Festung. Kinder liefen geschäftig hin und her. Aber nicht wie in einem Spiel, sondern als würden sie einer langweiligen Arbeit nachgehen. Ihre Gesichter waren ausdruckslos, in ihren Augen stand Leere. Achtlos liefen sie an mir vorüber, so als schienen sie mich nicht zu sehen. Die düstere Stimmung drohte mich zu verschlingen, als mich ein Berg voller Süßigkeiten lockte.

»Warte«, trat ich einem Mädchen in den Weg und schüttelte mich, »ich will euch hier raus holen.«

»Warum?« fragte sie tonlos zurück, ohne dass die Leere aus ihrem Blick verschwand. »Uns geht es hier gut. Wir werden dafür reichlich belohnt, dass wir alles tun, was der Zauberer von uns verlangt. Hier, koste ein Stück von der Schokolade des Vergessens.« Sie hielt mir eine duftende Tafel unter die Nase. »Die kannst du hier jeden Abend haben.«

Komischer Name, dachte ich, während ich die Lust auf Schokolade spürte. Nur ein kleines Stück würde bestimmt nicht schaden. Ich legte es auf die Zunge.

»Hab's doch gewusst«, drang ein Wispern an mein Ohr, »keiner widersteht der Verlockung.« Zu spät. Die Schokolade saugte langsam meine Gedanken fort.

»Ha, ha, ha« hallte das Lachen des Zauberers böse aus der Ferne. Hilfe suchend sah ich mich um. Das Mädchen streckte mir noch immer die Schokolade entgegen. Ich schüttelte den Kopf und überlegte angestrengt.

»Wozu hast du das Buch?« hörte ich das Eichhörnchen.

Mein Blick fiel auf das Buch und da kam allmählich die Erinnerung zurück. Das Buch, die Träume. Ich fing den kalten Blick des Mädchens auf.

»Aber was ist mit euren Träumen?« fragte ich sie.

»Träume? Die sind überflüssig, wir brauchen sie nicht mehr. Die werden für unsere Ordnung nur zu einer Gefahr. Es soll so bleiben, wie es ist, dann haben wir alle ein sicheres Leben«, sagte sie gleichgültig.

»Ja, aber eins ohne Abenteuer, ohne Fantasien und ohne frei zu sein«, kamen meine Gedanken wieder.

Als ich das Buch aufschlug, stemmte sich ein scharfer Windzug dagegen.

»Lass es zu und verschwinde«, befahl die kalte Stimme über mir, »verschwinde, schwinde, winde« hallte das Echo bedrohlich.

Mutig drückte ich den Buchdeckel gegen den jaulenden Wind und begann: »Ein Traum ist ein kleines Wunder im Kopf. Er ist das Tor zur Fantasie, er erfindet Geschichten und bringt dich auf neue Ideen.«

In den Augen des Mädchens sah ich einen winzigen Erinnerungsfunken aufglimmen. Allmählich verzog sich die Kälte und die Schokolade des Vergessens schmolz in ihrer Hand. »In meinem letzten Traum« begann sie leise, »hatte ich einen sprechenden Hund...« Ein Hauch von Farbe flog über ihr Gesicht und entfachte in ihren Augen ein Glühen.

Und als sie zu erzählen begann, liefen die Kinder, eins nach dem anderen herbei. Sie lauschten der Geschichte, die ihre Gesichter verzauberte und die Leere aus den Augen löschte.

Die Sonne schickte ihre wärmenden Strahlen.

Ein fernes Grollen verschwand am Horizont und die Burg schien sich in bläulichen Dunst aufzulösen. Ein rotbraunes Eichhörnchen kletterte wispernd am Baumstamm empor und schaukelte vergnügt auf einem Ast.

Plötzlich riss der Uhrenschlag mich in die Wirklichkeit zurück.

»...Und deshalb, mein Kind, kann ein Träumer nie hoffnungslos sein«, sagte mein Großvater und streichelte mit einem liebevollen Augenzwinkern meine Wange.

Jahre später, nachdem mein Großvater gestorben war, fand ich das Buch. Und darin stand nicht eine einzige Geschichte, die er mir einst vorgelesen hatte.

»Das Codewort

Udo betrat den Hausflur, als lautes Stimmengewirr seine Aufmerksamkeit erregte.

Er hörte seine Frau, die aufgebracht forderte: »Paul, mach die Tür auf!«, worauf der achtjährige Paul fragte: »Wer bist du denn?«

»Ich wird' dir gleich helfen, das ist nicht lustig, lass mich rein«, wurde sie allmählich zornig und klopfte dabei heftig an die Tür.

Udo war auf dem Treppenabsatz stehen geblieben und lauschte der Auseinandersetzung.

»Wenn du mir nicht sagst, wer du bist, bleibt die Tür zu«, rief Paul fest entschlossen.

»Na gut, ich bin deine Mutter und ich habe heute früh meinen Schlüssel vergessen«, antwortete sie sich ergebend und hoffte entnervt, dass er die Wohnungstür nun endlich öffnen würde. Aber Paul dachte gar nicht daran, als er weiter forderte: »Meine Mutter? Das kann ja jeder sagen. Zeig erst deinen Ausweis und halte ihn an den Spion. Dann kann ich sehen, ob du wirklich meine Mutter bist.«

Udo hörte, wie ihr Atem schneller wurde und sich in einem wütenden Geschrei entlud: »Mach sofort die Tür auf, du kannst was erleben, ich habe hier volle Einkaufstaschen.« Dabei hämmerte sie bedrohlich auf die Tür ein.

Aber auch das schien Paul wenig zu beeindrucken.

»Erst den Ausweis«, blieb er fest, wobei er jedes Wort betont langzog.

Heide hatte sich wohl geschlagen gegeben, denn Udo hörte sie in ihrer Tasche wühlen.

Er musste ein Lachen unterdrücken und belauschte weiter das Geschehen. Genau das, was jetzt passierte, hatten sie ihren Kindern jahrelang gepredigt. Wieder musste Udo lachen, wobei er sich den Mund zuhielt, um seine Anwesenheit nicht zu verraten.

»Gut«, hörte er Paul sagen. Sie hatte den Ausweis wohl gefunden.
»Und jetzt das Codewort!«, dehnte er in militärischem Ton seine Forderung aus.

Udo hörte Heide wütend schnaufen und dachte, gleich wird sie explodieren.

»Codewort? Was denn für ein Codewort? Zum letzten Mal«, hörte Udo, wie sich ihre Stimme überschlug, »mach jetzt auf, ich erzähle alles Papa, dann kannst du für die nächste Zeit das Autofahren vergessen«, fiel ihr rettend ein.

Als Udo vernahm, dass er die Strafe vollenden sollte, dachte er, dass es nun doch an der Zeit wäre, einzugreifen. Geräuschvoll stieg er die Stufen hoch und rief Heide zu: »Das Codewort ist VW«, wobei er sie siegesbewusst anlächelte.

Und siehe da, plötzlich öffnete sich die Tür und Paul strahlte über das ganze Gesicht: »Alle Anweisungen befolgt. Ausführung beendet!« Damit kehrte er ihnen den Rücken zu und verließ den Flur wie ein Roboter in Richtung Kinderzimmer.

…Und weiter rollt der Lebenszug
mit Liebe und mit Selbstbetrug.
Der Lebenszug hält niemals an,
es sei, du weckst ihn, irgendwann…

Göttliche Berührung

Sara versank in den Gedanken und löschte den Blick für die Außenwelt. Der Kummer zerfraß ihre Seele und gebar die Sehnsucht nach immerwährendem Schlaf. Einen Schlaf, der den Schmerz fortreißt und in der unterbewussten Welt ablegt. Sie wollte die Gefühle löschen, die Sehnsucht, Enttäuschung und Traurigkeit hießen. An andere konnte sie sich seit geraumer Zeit nicht mehr erinnern. Die Spuren der Traurigkeit standen bereits in ihrem Gesicht und wenn sie sich anschaute, weckten sie den Schmerz.

Etwas in ihr war gestorben, ganz allmählich, zertreten durch viele Verletzungen, wieder und wieder. Bis sie das Ende spürte. Das Ende, das sie nicht wahrhaben wollte. Jetzt noch nicht.

Deshalb diese weite Reise. Abstand und Vergessen, aber sie gewann weder das eine noch das andere. Nur der Schmerz wühlte unaufhörlich weiter.

Sara schaute aus dem Fenster, die Häuser lagen in gleißendem Sonnenlicht. Es war Samstagnachmittag. Was würde er jetzt wohl tun – bei dieser Anderen?

Sie musste raus. Aber wohin? Sie kannte hier nicht einmal die Straßen. Egal, einfach erst einmal raus. Sie lief die menschenleere Straße hinunter und hatte keinen Blick für sie. An der Kreuzung nahm sie eine Kirchturmspitze wahr. Das musste das Münster sein.

Eine Kirche, da fanden die Menschen immer Zuflucht, besonders wenn sie in Not waren. Und sie war jetzt in Not, in größter seelischer Not!

Etwas zog sie plötzlich an, als sie ihre Schritte beschleunigte. Die kleine Anhöhe erinnerte sie an ihren Geburtsort und Menschen, die ihr einst sehr nahe standen. Aber die weilten auch nicht mehr auf der Erde.

Etwas lenkte ihre Schritte, obwohl sie diesen Weg noch nie gegangen war.

Dann das Münster. Die hohen Mauern mit den spitzen Türmen hatten für sie etwas Erhabenes. Vor dem Münster hatte sie einen Rundblick über den Rhein, den sie aber nicht wirklich wahrnahm. Sie musste es fast einmal umlaufen, ehe sie den Eingang fand.

Ein Schild fiel in ihren Blick: »Heute um 16.30 Uhr – Orgelkonzert.« Sie schaute auf die Turmuhr, noch eine anderthalbe Stunde. Das wollte sie sich auf jeden Fall anhören.

Leise betrat sie später den hohen Innenraum. Ihr Blick fiel auf die farbige Bleiverglasung mit den christlichen Motiven. Da litt auch ein Mensch!

Sie schritt durch den Mittelgang, vorbei an Stuhlreihen mit fein geschnitzten Lehnen. Einige Menschen hatten hier bereits Ruhe gefunden. In einer Ecke nahm sie einen kleinen Altar wahr. Davor brannten Kerzen.

Sie lief an den Tisch, entzündete eine Kerze für ihn und sich und bat um Hilfe für sie beide. Dann nahm sie einen Zettel, schrieb beide Namen darauf und legte ihn in den schwarzen Kasten. Nun wollten die Menschen dieser Kirchengemeinde auch für sie beide beten.

Und sie bat wortlos darum, dass sie ihr helfen mögen, damit er wiederkommt und ihr Schmerz vergeht. Der Schmerz fraß ihre Seele auf. Wie lange würde es wohl dauern, bis sie taub, gefühllos und gestorben wäre. Gestorben, wenn sie weiter so wenig aß, würde es ihr Körper wohl für sie erledigen.

Sie lief an das Ende der Stuhlreihen und setzte sich auf einen mit Rosenschnitzerei. Dann schloss sie die Augen.

Ihr ganzer Körper schrie lautlos um Hilfe.

Sie hatte nicht bemerkt, wie sich das Kirchenschiff füllte, als plötzlich die Musik anhob. Ihr war, als weine die Orgel ihren Seelenschmerz. Tränen liefen über ihr Gesicht. Sie fühlte sich so unendlich allein und schutzlos. Ausgeliefert einer fremden Welt, noch gebunden und schon vergessen und das nach so vielen Jahren.

Und während ihr Blick auf das Bild des Gequälten fiel, spürte sie ihre eigene Qual. Und sie fing an zu bitten, darum, dass der göttliche Geist ihr helfen solle. Darum, dass er wieder zur Vernunft kommen solle, dass er sie zurück haben wolle.

Die Tränen brannten auf ihren Wangen, als sie dieses ferne Licht sah. Genau über seinem Kopf glühte es blutrot.

Und im selben Augenblick spürte sie das Feuer auf ihren Handgelenken. Die Male des Lebensschmerzes brannten sich in ihre Haut und verbanden die beiden Leidenden. Mit ihren Tränen verflüchtigte sich der letzte Ton. Sie verweilte noch, während Schritte allmählich verhallten. Dann Stille.

Langsam stand sie auf und rieb sich die Handgelenke. Sie hatte verstanden. Er hatte verstanden. Und sie nahm das Wunder an...

Und später, als sie die eigene Stimme wieder an den alten Ort geführt hatte, trug Sara dieses neue Gesicht – angstlos und behütet. Sie war zwar immer noch allein, aber auf ihr Leben war Leichtigkeit geflogen. Und damit konnte sie neu beginnen...

Die Verkündung

Der göttliche Geist sah auf die Erde herab und sprach: »Ich habe euch auf die Erde gesetzt, damit ihr meinen Geist weiterlebt. Dafür habe ich euch auch Eigenschaften mitgegeben, die euch prüfen sollten!

Aber Ihr habt eure Aufgabe nicht verstanden. Ihr habt meinen Geist nicht benutzt, um den Sinn des Lebens zu verstehen und füreinander da zu sein.

Ihr habt Gier, Habsucht, Neid und Missgunst an die erste Stelle erhoben und dazu benutzt, euch ein Statussymbol zu schaffen und eure eigene Art zu unterdrücken. Ihr habt Geld zum erstrebenswertesten Ziel erhoben und geglaubt, ihr könnt damit eure Sicherheit kaufen. Aber das ist ein Trugschluss.

Ich habe euch gezeigt, worin eure Aufgabe besteht, aber ihr wolltet sie nicht sehen.

Ihr habt für menschliche Hilfen wieder nur Geldmaschinen angeworfen und so die Gierigen weiter ernährt.

Ich habe euch aber auch Gefühle und ein Gewissen gegeben. Und auch das habt ihr verkauft.

Ihr bekriegt euch weiter, ihr bringt euch gegenseitig um, ihr beutet die Erde aus. Ihr findet dafür ausgeklügelte Methoden und verdeckt sie mit menschlichen Worten.

Aber nun habt ihr in eurer Gier eine riesige Geldblase geschaffen, hinter der kein Wert stand. Und die ist geplatzt. Ihr bejammert die Folgen und tut wieder das Falsche.

Aber dieses Mal könnt ihr mit keinem Geld der Welt die Krise aufhalten… Und ihr könnt auch auf keinem Ort der Welt das angehäufte Geld verstecken…

Aber da ihr alle Kinder meines Geistes seid, gebe ich euch noch eine Chance.

Erkennt die Möglichkeiten, die euch aus dieser Situation entstehen.

Erkennt das Wesentliche, das euch alle auf der Erde eint, Nächstenliebe, Herzensgüte, Hilfsbereitschaft, Mitgefühl und all die anderen Eigenschaften, die aus einem wachen Gewissen und dem Empfinden geboren werden.

Ihr seid alle vom selben Planeten und ihr seid alle ein Teil der Natur, NUR ein Teil der Natur. Begreift das und dann erkennt ihr den Sinn eures Daseins.

Reißt die Grenzen in Euren Köpfen ein, macht die Blinden zu Sehenden, indem ihr das Gewissen und die Gefühle weckt. Ihr Reichen habt nun die Aufgabe zu geben, denn die anderen haben Euch zu diesem Reichtum erst verholfen. Begreift, dass alle Gaben von mir allen gehören! So könnt ihr im wahrsten Sinne wiedergutmachen.

Baut an eurer Gemeinschaft und seid füreinander da. Jeder kann etwas geben, sei es gegenständlich oder herzlich. Erst wenn ihr das lebt, werdet ihr sehen, wie reich ihr seid, was eigentlich in euch schlummert und was wirklich wichtig ist.

Nur dann könnt ihr euch selbst und die Erde retten…!«

Der letzte Tanz des Egos

Das Ego schaute am Morgen in den Spiegel und betrachtete den wunderschönen Körper einer Frau.

»Schön blöd, dass du diesen Mann nicht zugelassen hast«, sprach es zur Seele. Ich hätte dir mit Lust und Gier große Wonnen beschert, wo er doch so scharf auf dich war. Aber du musstest ja über einen Ring siegen. Und, was ist dir geblieben? Nur wieder dieser Herzschmerz. Wie armselig. Du hättest über diesen einen Kuss hinaus doch wenigstens deinen Spaß haben können.«

Das Ego tanzte hin und her. »Du hast mich ein Mal zugelassen, denn der Kuss war schon mein Ding.« Es klatschte in die Hände und freute sich über seinen Sieg. »Und nun leidest Du.

Seele«, schrie das Ego, »was bist du schon? Etwas, was man nicht sehen kann. Sorry, aber hier herrsche ich und mich kann man sehen – immer und sofort. Ein Blick, ich bin da und nur mir wird gehuldigt.

Du aber lebst, nein wirkst, ja nur im Verborgenen und ehe einer auf dich kommt, muss er nachdenken. Aber nach-denken, was ist das? Dafür braucht man Zeit und die hat heute keiner. Also bleib in deinem Schneckenhaus und lass mich weitermachen. Du siehst doch, nur mich brauchen die Menschen. Schönheit, Macht, Geld und Vermögen und all die anderen Dinge, die daran hängen. Und die Menschen lieben die Nacht.

Das, was du bietest, ist zwar ein heller Schein, aber wenn die Sonne kommt, brauchen sie den von dir auch nicht.

ICH bin das Ego und ich schaue aus den Augen der Menschen als ihr Begehren. ICH bestimme ihr Handeln, ich führe sie überall hin und mich nähren ihre Süchte, ihre Ängste, ihre Zweifel und ihre Gier. Davon lebe ich, damit wachse ich, während du ein jämmerliches Dasein mit Werten führst, die sowieso keiner sieht. Schon meine Worte sind schön: Versuchung, Verführung, Eroberung…

Sag, was hast du dagegen schon zu bieten?«

Da kroch die Seele durch ihren Schmerz und sprach: »Du blähst dich nur so auf, weil deine Zeit abgelaufen ist. Du spürst, dass die Menschen mit dir in einem Chaos versinken. Du spürst, dass sie auf der Suche nach etwas anderem sind. Es ist zwar noch ein zartes Pflänzchen, aber der Funke einer erwachten Seele entzündet die Herzen anderer und erzeugt an ganz anderer Stelle einen Brand. Wie ein Lauffeuer ziehe ich so durch die Welt und erlöse die Menschen aus deiner Gefangenschaft.

MEINE Zeit ist nun gekommen und ich wecke die Herzen der Menschen und sprühe aus ihren Augen. So ist das. Du kannst noch so schreien, aber deine Zeit ist einfach abgelaufen. Ich habe dir lange genug den Vortritt gelassen, damit die Menschen erkennen, dass deine Macht die Oberflächlichkeit ist, dass du sie mit Rastlosigkeit immer auf der Flucht vor sich selbst sein lässt und dass du ihnen über die Gier das Mitgefühl raubst.

Du bäumst dich auf und brüllst und schreist, aber die Herzen der Menschen können dich nicht hören. Sie haben dich überlebt und nähren sich von der Freude. Ihre stärkste Kraft ist erwacht, die bedingungslose Liebe, aus der das Mitgefühl erwächst. Sie sind über sich selbst hinaus gewachsen, erkennen ihre wahre Kraft und ihr selbstbestimmtes Wesen. Und das ist wahrhaft göttlich!

Und nun kommt das Beste: Wer einmal erwacht ist, über den hast du keine Macht mehr, weil die Seele deine Dunkelheit besiegt hat. Sie lebt von der Güte und Herzenswärme und sie eint die Menschen, weil alles Materielle aus deiner Welt sie trennte und nun nichtig wird. Es ist so vergänglich, wie unsere Zeitmessung und nichts davon bleibt.

Doch meine Herrschaft wählen die Menschen selbst. Sie ist kein Zwang, sondern eine Kraft, die alle Menschen einen kann. Eine Kraft, die sie wachsen lässt. Ihre Gemeinschaft wird ein Füllhorn des inneren Reichtums und der Weisheit zum Wohle aller sein. Und dann werden sie die verletzte Erde heilen. Deren Zustand geht nämlich auch auf dein Konto.«

Die Seele sah in den Spiegel mit Leidenschaft aus den schönen Augen der Frau.

»Da siehst du es, ich brauche dich noch nicht einmal aufzufordern, dich vom Acker zu machen. Die Gefühle tun dies ganz von selbst. Wenn die Menschen die Werte verinnerlicht haben und sie leben, strahlen sie eine innere Schönheit, die ihren Seelen Glanz verleiht. Und ihre Herzen schlagen einen neuen Takt, den Takt der Wahrheit.

Während das Ego in die Tiefe sank, hüllte sich die Frau in ihr schönstes Kleid.

Sie sah das Leuchten in ihren Augen und freute sich darüber, dass sie begehrt wurde und sich selbst trotzdem treu geblieben war.

Zwei Seelen

Es waren einmal zwei Seelen im Universum. Sie schwebten als Teil des göttlichen Geistes dem Himmel nahe in einer hohen Dimension. Und sie begegneten sich dort immer wieder. Sie spürten eine unfassbare Nähe bis sie ohne einander nicht mehr sein konnten.

Da traten sie vor den allumfassenden göttlichen Geist und sprachen: »Erhebender göttlicher Geist, wir stehen heute vor Dir, weil uns ein sehnlichster Wunsch beherrscht, und zwar uns beide gleichermaßen. Wir sind so in Liebe vereint, dass wir zur Erde möchten. Wir möchten uns eine körperliche Hülle suchen und auf Erden die menschliche Liebe erleben. Wir möchten uns sehen, uns berühren, uns schmecken und die Erfüllung und Vereinigung in diesen körperlichen Wesen finden.«

Der göttliche Geist hüllte sie mit seiner Liebe ein und sprach: »Wisset, wenn ihr das innigst wollt, so wird es nicht nur eine schöne Aufgabe, sondern auch eine schwere Prüfung. Ihr werdet Euch die körperlichen Hüllen aussuchen und ihr werdet darin lernen und wachsen ein Leben lang. Ihr werdet Höhen und Tiefen erleben und sie meistern müssen. Ihr kennt noch keinen Schmerz, aber ihr werdet ihn mit Sicherheit durchleben. Das ist der Preis, den ihr für die Körperlichkeit auf der Erde und die menschliche Liebe zahlen werdet. Und ihr müsst so lange auf der Erde weilen, bis ihr eure Aufgabe erfüllt habt. Überlegt es euch gut. Ist die Entscheidung einmal getroffen, gibt es kein zurück!«

Liebevoll wurde er nun sehr ernst: »Und noch eins, sobald eure Füße die Erde berühren, werdet ihr alles, auch eure Verabredung hier, vergessen haben, weil ihr im Banne der Vergangenheit keinen neuen Weg beschreiten könnt. Menschliche Wesen halten alles fest, was ihnen lieb und teuer ist. Ihr werdet es erfahren, auch wenn ihr jetzt so ungläubig dreinschaut.«

Die beiden Seelen tanzten vor Freude und hörten die letzten Worte schon nicht mehr.

Wieder meldete sich der göttliche Geist liebevoll: »Andererseits wird nicht jede Seele dazu berufen, auf der Erde zu reifen und auch dort eine spirituelle Erfahrung zu machen. Sie soll ja letztlich den Geist des Universums wachsen lassen und bereichern.«
Die beiden Seelen strahlten vor ihm in voller Erwartung als vereinte Lichtgestalt.
»Nun, ich spüre eure Liebe und tiefe Verbundenheit. So will ich euren Wunsch gewähren und euch fortan mit den mächtigen Schutzgeistern der vier Elemente zur Erde senden. Erkennt und erfüllt dort mit eurem freien Willen eure Aufgabe und wenn ihr einmal in Not seid, so wird euch Hilfe gesandt. Aber auch die müsst ihr erkennen. Achtet auf die Zeichen! So gebe ich euch meinen Segen und werde euch fortan begleiten. Und wenn ihr es wünscht, werdet ihr meine Nähe spüren.
Die Erde ist eine andere Dimension. Es lauern dort Verlockungen, Versuchungen und Gefahren. Nur ein gefestigter Charakter und ein starker Geist vermag dem zu widerstehen. Jeder von euch erhält seine Aufgabe. Und wenn ihr einen gemeinsamen Weg findet, könnt ihr euch gegenseitig helfen. Seht zu, dass ihr euch auf der Erde nicht verliert.«

Die beiden Seelen lächelten in sich hinein: »Warum sollten wir uns verlieren? Wir sind doch bereits hier in inniger Liebe vereint.«

Der göttliche Geist berührte die Beiden und sprach: »Nun geht euren Weg, wir werden sehen…« und damit ließ er die Beiden los.

In einem Nebel aus Sternenstaub verflüchtigten sich die Beiden und wurden voneinander getrennt.

Als sie die Erde berührten, sah die eine Seele ein Paar in Liebe vereint. Der Körper des Mannes gefiel ihr so sehr, dass sie sich wünschte,
als männliches Wesen auf dieser Erde zu leben, groß, schön und kraft-
voll. Und so schlüpfte sie in die Nacht des Paares und keimte als neues
menschliches Leben dieser Beiden. Ein männliches Wesen, in Liebe
gezeugt mit menschlichen Eigenschaften beider.

Die andere Seele begegnete zuerst einer wunderschönen Frau. Sie
strahlte so in Liebe, dass die Seele sich wünschte, so wie diese Frau zu
sein. Als die Frau auf einen Mann zuging, konnte sie in ihren Augen
die tiefe Zuneigung sehen. Auf einer Blumenwiese an einem See krönte
die Seele als werdendes Mädchen die Liebe der Beiden.

…und so nahm das Erdenschicksal seinen Lauf!

Nur noch einen Augenblick…

Der Regentropfen

Es war einmal ein kleiner Wassertropfen. Der wünschte sich nichts sehnlicher, als einmal eine Schneeflocke zu sein. Jahrzehntelang war er immer wieder als Regentropfen auf die Erde gefallen und immer wieder hatte er gehört, wie die Menschen sich über den ersten Schnee freuten und die Eiskristalle bestaunten.

Über die Zeit wurde er ganz traurig darüber, dass sein Wunsch sich nicht erfüllte. Er war eben einfach zur falschen Zeit am falschen Ort. So jedenfalls dachte er. Und weil er so traurig war, fiel er immer wieder als Regentropfen zur Erde.

Eines Tages blieb er am Zweig eines alten Baumes hängen. Da kam die Sonne hinter den Wolken hervor und er begann zu glühen wie ein Funke in der Dunkelheit. Aber weil er so in seiner Traurigkeit gefangen war, konnte er die Schönheit des Augenblicks nicht erkennen.

Plötzlich hörte er eine Stimme:

»Oh, ist das schön, wie ein Glitzerstein.« Ein Menschenkind hatte den Regentropfen entdeckt und betrachtete ihn voller Freude.

Und da geschah ein Wunder: Der Regentropfen konnte sich zum ersten Mal selbst sehen. In den Augen des Kindes spiegelte sich seine glitzernde Gestalt. Er funkelte in den schönsten Farben des Regenbogens und sein Herz hüpfte vor Freude. Warum nur wollte ich immer eine Schneeflocke sein, dachte er?

Auf einmal konnte er seine Traurigkeit nicht mehr verstehen.

Er sah seinen Glanz und spürte das Glück des Menschkindes. Und von da an wusste er, es ist wunderschön, ein Regentropfen zu sein, auf die Erde zu fallen und anderen Freude zu bringen.

Danksagung

Ich möchte allen Menschen danken, die mich mit ihrer göttlichen Essenz berührt und auf diesen Weg gebracht haben.
 In bedingungsloser Liebe

Petra Edelmann